KB235500

모로코로 가는길,

그리운 카사블랑카

초판 1쇄 인쇄 ┃ 2003년 12월 8일
초판 1쇄 발행 ┃ 2003년 12월 13일

지은이 ┃ 김명식
펴낸이 ┃ 최영수
펴낸곳 ┃ 자유로운 상상
책임편집 ┃ 백지윤
등록 ┃ 2002년 9월 11일 (제13-786호)
주소 ┃ 서울시 서대문구 충정로 3가 3-95
전화 ┃ 02-392-1950 팩스 ┃ 02-363-1950
이메일 ┃ editor100@hanmail.net

ⓒ 김명식, 2003

ISBN 89-90805-15-5 03810

모로코로 가는길,

그리운 카사블랑카

김명식 글 · 그림

차례

River Seine
Paris.

그리지 않고는 배길 수 없었던 힘이 내게 준 선물

여행을 싫어하는 사람은 없을 것이다.

현대를 살아가기 위해선 사람과 사람 사이에서 좋으나 싫으나 부대끼면서 살아갈 수밖에 없다. 그러다 보면 스트레스도 쌓이고, 병도 얻게 된다. 이미 스트레스가 모든 병의 원인이 된다는 것은 의사가 아니라도 다 아는 사실이다.

스트레스를 풀기 위한 방편으로 여행이 권장되고 있다.

그러나 아무런 정보나 목적도 없이 여행한다는 것은 돈과 시간의 낭비는 물론 피로만 쌓이게 돼 자칫 여행 중 또는 여행 후 스트레스를 증가시킬 수도 있다.

이 책은 필자가 세계 여러 나라와 도시들을 전시회 또는 단순 방문하면서 틈틈이 현장 스케치한 것을 토대로 그곳의 풍물과 느낌을 화가의 입장에서 글과 그림으로 정리한 것이다.

여행에는 여러 종류의 여행이 있지만 필자는 화가이기 때문에 늘 스케치 도구 챙기는 것을 잊지 않는다.

그 이유 중 하나는 여행을 다녀와서 며칠이 지나면 어느 곳을 다녀왔는지 다 잊어버리기 때문에 그림으로라도 남겨 놓고 싶어서이다. 아마도 내가 본 것을 혼자만 볼 수 없어 그리지 않고는 배길 수 없었던 그 힘이 아니었다면 이렇게 자연스러운 그림을 그리지는 못했을 것이다.

이것이 나의 여행 목적이라면 목적이다.

단순한 패키지 여행으로 대충 훑어보고 오는 여행이 있는가 하면, 가족끼리 쉬러 가는 여행이나 신혼부부의 여행이 있고, 같은 배낭 하나를 짊어지고 떠나는 여행에도 무전여행이 있을 수 있고, 특정 분야의 연구나 조사를 위해 떠나는, 목적이 분명한 여행도 있을 것이다.

어떤 형태의 여행이 더 좋다 나쁘다 할 수는 없다. 다만 자신의 현재 위치에서 어떤 것이 가장 이상적인 것인가를 생각하고, 여행지에 대한 사전 정보를 가능한 알고 가는 것이 도움이 될 것이다.

이 책이 여행을 준비하는 사람들에게 도움이 되기를 바라며 2002년 9월부터 2003년 2월까지 소중한 지면을 통해 원고게재를 허락해 준 국제신문과 예쁜 책으로 만들어 주신 자유로운 상상 출판사에 감사를 드린다.

2003. 12.

김명식

터키(Turkey)

1950년 한국전 참전을 계기로 형제의 나라라고 불리우는 한국과 터키는 특히 이번 2002월드컵으로 더욱 더 가까워진 느낌이다.

나폴레옹이 "자연의 축복받은 선물이요, 역사적 유적을 동시에 간직한 곳"이라고 극찬한 이스탄불에 첫발을 내딛는 순간, 동양과 서양이 만나는 곳이자 아시아의 끝 유럽의 시작을 알리는 드넓은 보스포러스 해협이 나를 반긴다.

보스포러스 해협과 돌마바체 궁전

"위스키 달라 기다리니 안 된다 빌어먹을……"

60년대 우리 나라에서 유행했던 '우스크다라 기데리켄 알드다 빌으 야아물' 이라는 노래다.

사랑하는 연인을 찾아 '우스크다라' 라는 머나먼 길을 찾아오는, 그 사랑의 노래를 누구나 기억할 것이다. 바로 이 노래의 무대가 이

스탄불하고도 보스포러스 해협이라고 한다. 이별 장소에서 그 노래를 불러 보며 잠시 노래 속의 주인공이 되어 본다.

아시아로 떠나는 기차의 시발점이 되고 있는 이곳은 유럽과 아시아를 잇는 출퇴근 배들이 5분 간격으로 바쁘게 움직이고 있다.

유행가 외에 보스포러스 해협은 또 하나의 명물을 가지고 있다.

19세기에 오스만투르크의 전성시대에 지어진 돌마바체 궁전은 14톤의 금과 40톤의 은을 쏟아부어 장식한 호화로운 궁전이다.

보스포러스 해협이 창가에 내려다보이는, 베르사이유 궁전같이 아름다운 궁전이다.

중앙에는 높이 **36m**, 가로 세로 **40×45m**의 홀에 **750**개의 촛대로 구성된 **7.5**톤 무게의 샹들리에가 있으며 아름다운 대리석으로 지어진 터키식 목욕탕과 화장실, 그리고 호사스런 가구와 집기, 카페트로 장식되었다. 아시아와 유럽에 걸쳤던 대제국 오스만투르크의 영화와 함께 강제노역에 시달린 노예들의 체취가 물씬 묻어나온다.

터키 국민의 **98%**는 이슬람교인(**Muslim**)이며, 이슬람교는 터키인의 생활에 깊이 뿌리박고 있다. 이들은 길을 가다가도 참배시간이 되면 예외없이 손발을 깨끗이 씻은 다음 준비한 깔개를 바닥에 깔아 놓고 메카를 향해 몇 번의 절을 한다.

성 소피아 사원

신성한 지혜 또는 하나님의 지혜로 불리는 성 소피아 사원은 이스탄불의 볼거리 중 하나로 꼽힌다. 비잔틴 제국의 가장 주목할 만한 황제인 유스티니안 황제의 명에 의해 수학자이며 건축가, 구조학자인 안테미우스(**Anthemieus of Tralles**)와 이시도루스(**Isidorus of Mulet**)가 **532**년부터 **536**년에 걸쳐 건축했다.

세계 건축사상 가장 뛰어난 건축물의 하나로 평가된다.

다중 돔형의 이 사원은 건축하는 데는 비교적 짧은 시일이 걸렸으나, 그 규모는 엄청난 것으로 전체적 직사각형의 크기는 **71×**

77m에 달하며 돔의 직경이 약 30m로 바닥에서부터 56m나 치솟아 있는데 중앙부분의 거대한 돔 둘레에는 40개의 창문이 있다. 사원의 내부는 최고급 대리석 유물 및 모자이크 타일장식으로 채워졌다.

성 소피아 사원은 통로와 중심, 혹은 통로와 목표가 완벽하게 통합되어 있는데 이것은 자신이 지상의 순례자로서 영원한 하느님을 향하는 길목에 서 있다는 근본적인 그리스도교 정신의 표출이라 하겠다. 현재는 박물관으로 사용되고 있다.

블루 모스크(Blue Mosque)

정식 명칭이 '술탄 아멧 모스크'인 블루 모스크는 톱카프 궁 근처에 술탄 아멧 1세에 의해 1609년부터 건립되기 시작했다. 블루 모스크는 정확한 비례에 의한 6개의 탑이 인상적인 돔과 잘 어우러져 이슬람 건축 예술의 우수성을 반영해 주는 대표적인 건축물이다.

술탄 아멧 1세는 기독교의 소피아 사원을 능가하도록 지으라고 명령했고 성 소피아 사원 바로 건너편에 건립하도록 했다. 이 모스크는 당시 유명한 건축가이던 시난(Sinan)의 제자이던 메흐멧 아가(Mehmet Aga)에 의해 1609~1617년에 지어졌다.

모스크 내부의 위쪽 벽을 뒤덮고 있는 푸른 색상의 타일 장식과 중앙 돔으로부터 나 있는 260개의 창문에서 들어오는 빛이 어우러져 말로 표현할 수 없는 황홀한 장관을 연출해 내고 있으며, 기둥과

돔 벽에 명암이 있는 **99**가지의 푸른 타일을 사용함으로써 이 사원은 '푸른 모스크(**Blue Mosque**)'라는 애칭을 갖게 되었다.

그 후 왕들은 이곳을 중요한 종교적 정책을 결정하거나, 종교적 축제를 거행하는 곳으로 사용하였다.

이밖에 볼 만한 것으로는 앙카라의 아타투르크 기념관과 히타이트 박물관 등이 있다.

아타투르크 기념관은 온 터키 국민의 사랑을 한 몸에 받고 있는 케말 파샤 '아타투르크'라 할 것이다. 터키를 서구 열강의 위기로부터 구하고 오늘날의 터키 공화국을 세운 인물 '아타투르크', 그가 가진 터키 민족에 대한 사랑과 정열은 그의 온 생애에 걸쳐 일관된 것이었다.

아타투르크 묘궁은 터키 국부로 추앙 받는 케말 파샤(**1938**년 서거)의 무덤으로서 **1944**년에 짓기 시작하여 **1953**년에 완공되었다. 앙카라 시내 중심가 언덕에 고대 신전을 모방하여 설계됐는데 정문 앞에는 항상 위병이 위풍당당하게 서 있다.

아나톨리아 문명 박물관이라고도 하는 히타이트 박물관은 비잔틴 시대의 성벽이 남아 있는 언덕 위에 세워져 있다. 소아시아 지역에서 출토된 유물을 전시하는 세계적인 박물관이다. 금은제품, 보석류, 히타이트 석상, 작은 동상 등을 비롯하여 그리스, 로마시대에 이르는 유적과 유물들이 전시되어 있다.

먹을 것으로는 사람들이 많이 모이는 광장이나 항구에서 으레 '케밥'을 파는데 케밥은 구운 요리의 일종으로 그 종류가 수백 가 지나 된다고 한다.

고등어를 구워 토마토 등과 함께 빵에 끼워 파는 고등어 케밥이 있는데 비린내도 안 나고 맛이 일품이다. 양파와 레몬즙을 기호대 로 첨가해서 먹기도 한다.

재래시장은 향신료 가게가 즐비한 것을 빼곤 우리의 남대문 시장 과도 흡사하다.

이곳저곳을 기웃거리다가 한 보석가게에 들어가서 자그만 터키 석 하나를 골라 놓고 흥정을 하기 시작했다. 무조건 절반으로 깎아 야 된다는 얘기를 들은 바 있어 50%를 깎아 가격을 제시했더니 안 된다고 한다. 그래서 할 수없이 비장의 카드로 난 한국사람이다 라 고 했더니 대뜸 깎아 주면서 덤으로 다른 기념품까지 얹어 주는 게 아닌가. 형제 나라의 우정이 찡하게 울려 나오는 순간이었다. 한국 동란 참전으로 맺은 인연으로 한국인을 코렐리(**Koreli**)라고 부르며 상당히 우호적이다.

작은 우리 나라에서도 각 시도의 음식이 다르듯, 하물며 우리와 다 른 얼굴을 갖고 있는 나라는 말할 것도 없을 것이다. 하지만 터키는 그 어느 나라보다도 우리와 같은 따뜻한 정을 느끼기에 충분했다.

일찍이 토인비도 터키를 살아 있는 자연 박물관이라고까지 극찬
한 바 있듯이, 역시 옛 오스만투르크의 영화와 자존심이 곳곳에 묻
어 있음을 확인하며 터키의 스케치 여행을 마쳤다.

Barcelona, Spain
청중에서
2001
Kim myong hie

바르셀로나(Barcelona)

하루 수입이 100원이라고 치자, 그 중 20원을 앉아서 버는 일처럼 유쾌한 일은 없을 것이다.

예술과 관광상품을 팔아 앉아서 20원을 그냥 버는 바르셀로나.

국민 총생산의 20%가 관광수입이라고 한다.

마드리드에 이어 스페인 제2의 도시로 천재 화가 피카소와 천재 건축가 가우디가 아마 이 도시 관광수입의 절반은 벌어들인다고 해도 과언이 아닐 것이다.

피카소와 안토니오 가우디

말라가 출신인 피카소의 작품과 카탈루냐 태생의 천재적인 건축가 안토니오 가우디의 작품들을 만나는 것만으로도 바르셀로나에 올 만한 이유가 된다.

유명한 성가족 교회(**Sagrada Familia**)를 비롯해 구엘 공원, 카사

밀라 등 가우디의 손을 거친 멋진 작품들이 곳곳에서 눈에 들어온다.

지금으로부터 100년 전인 1882년에 착공된 가우디의 성가족 교회는 높이가 160m로 그 규모나 크기에 벌어진 입이 다물어지지 않는다.

예수탄생과 수난, 영광, 미완의 교회 등을 주제로 한 4개의 탑 중 탄생 부분의 탑과 지하예배당만도 공사시작 100년 만인 1982년에 완성되었는데, 더 놀라운 것은 나머지 부분을 모두 완성하려면 앞으로도 100년이 더 걸릴지, 200년이 걸릴지 모른다고 한다. 성급한 우리 상식으론 도저히 이해가 안 간다.

지금도 공사는 계속되고 있으며 공사장 사이로 관광객들이 줄서서 탑 꼭대기를 보며 놀라워하고 있다. 그곳 성당 지하묘소에 가우디가 잠들어 있다는데, 아마 잠을 편히 자긴 어렵겠다는 생각이 든다.

14세 때 그림교사를 하던 아버지를 따라 바르셀로나로 온 피카소는 5년 후인 19세 때 본격적인 그림공부를 하기 위해 마드리드, 파리 등으로 옮겨 다니다가 23세 때인 1904년부터는 파리에서 정착해 살았다.

비록 짧은 기간 바르셀로나에 있었지만, 그의 탁월한 미술사적 업적을 기리기 위해 1963년엔 피카소 미술관이 이곳에 설립됐다.

미술관의 규모는 그리 크진 않지만 그가 살아온 길을 알기에 충분하도록 유년, 소년, 청년시대의 작품들로 구분하여 진열했는데 청년시대의 작품이 주종을 이룬다.

진열품 중 특기할 만한 것은 스페인 3대 화가 중 한 사람인 벨라스케스의 작품을 모방해 그린 것으로 역시 무명일 때 자신이 동경하는 기성작가의 작품을 모방해 보는 것은 피카소도 예외가 아니었음을 보여준다.

오페라 극장 리오세와 플라멩고의 타블라오 콜도베스

카탈루냐 광장의 람브라스 거리는 항상 젊은이들의 열기로 활력이 넘친다.

서울의 대학로, 동경의 하라주쿠와도 비교될 수 있다.

넓은 길은 차가 다니는 것이 아니고 사람들이 다니고, 차는 가장자리, 우리로 보면 인도가 있어야 할 곳에 차도가 있어 그곳으로 다닌다. 철저히 보행자 우선인 것을 알 수 있다.

길 양쪽으로 각종 기념품점과 카페가 즐비하며 거리 곳곳에선 무명의 가수와 화가들의 즉석연주와 퍼포먼스가 끊이질 않는다.

나 역시 살아 숨쉬는 이 거리에 매료돼 즉석에서 좌판을 깔고 스케치에 열중하는데, 뭔가 옆에 똑 떨어지는 소리가 들려 바라보니 동전 한 닢이 내 모자에 들어 있는 게 아닌가?

누군가 벗어 놓은 내 모자에 동전을 적선해 주고 간 것이다.

전혀 뜻밖의 이 상황에 속으로 웃음이 나왔다. 지금까지 돈을 주어는 봤지만 받아 보긴 처음이다.

　구미의 여러 나라를 여행하다 보면 사람들이 많이 모이는 광장 같은 곳에서 으레 거리의 악대들을 만나곤 한다. 라이브로 귀에 익은 곡을 들으면 저절로 신이 나 동전 몇 닢은 항상 그들 몫이다.

　밀라노의 스칼라 극장에 버금가는 오페라 극장 '리오세' 와 플라멩고의 타블라오 '콜도베스' 가 또한 이곳에 있다. 콜럼버스의 기념관에서 항구쪽으로 걸어가면 작고 붉은 배가 있는데 산타마리아 호의 실물 모형이 그 위용을 뽐내고 있다.

이곳에서 맛있는 음식을 하는 음식점이 하나 있다길래 많은 사람들 틈에 끼어 그곳으로 가는데, 갑자기 빤히 보는 앞에서 한 열두세 살 정도의 소년이 달려들어 아내의 핸드백을 날치기하려고 했다.

다행히 가방을 어깨에 대각선으로 메고 있었기에 뺏기지 않았다.

순간 놀라서 도망가는 그놈을 잡으려 뛰어가니 어느 샌가 골목으로 날쌔게 사라져 버렸다.

까만 피부의 얼굴로 보아하니 모로코 소년임을 알 수가 있었다.

스페인은 요즘 인근 모로코에서 불법입국한 사람들로 골머리를 앓고 있다고 한다.

여행자들이 긴장을 늦추어서는 안되겠다는 생각이 들었다.

바르셀로나의 자랑, 카탈루냐 · 미로 미술관

바르셀로나 하면 역시 25회 이곳 올림픽에서 우승한 황영조 선수가 떠오른다.

마지막까지 일본선수와 경합을 벌였던 몬주익 언덕은 걸어오르기도 다소 숨이 찬 바르셀로나 북서쪽에 위치하고 있는데, 주말 밤이면 형형색색의 분수쇼가 펼쳐지는 스페인 광장 뒤편 몬주익 성 아래 있다.

1929년 만국박람회 이후 공원화되어 시민들의 사랑을 받고 있으며 공원 내에는 카탈루냐 미술관과 미로 미술관이 있고, 각종 놀이시설과 민속촌 같은 스페인 전통 마을, 올림픽 경기장 등 문화와 스

포츠시설이 다양하게 갖춰져 있는 문화의 거리다.

1934년 개관한 카탈루냐 미술관은 로마네스크 미술, 그 중에서도 특히 교회 벽화 컬렉션에서 세계 제일을 자랑한다. 1936년 스페인 내란 중에 이들 작품은 잠시 프랑스에 건너갔다가 1943년에 다시 전시되었다. 그 후 개보수를 계속하여 1973년 로마네스크실이 33실로 정비되었고, 1981년에는 고딕미술실이 24실, 1985년에는 바로크미술실이 6실로 정비되어 지금에 이른다.

교회벽화의 경우, 피레네 산맥과 카탈루냐 지방의 작은 성당벽화의 내부 모습 그대로 재현해 전시하고 있어 보는 사람들을 압도한다. 클레멘테 교회의 그리스도 프레스코화와 산타마리아 교회의 성모자상이 압권이다.

바르셀로나가 자랑하는 미로 미술관은 거장 호앙 미로의 작품을 전시한 미술관으로, 1975년 미로의 친구인 건축가 호세 루이스 셀트의 설계로 만들어졌다. 희고 산뜻한 건물 속에 1914~1978년까지 미로의 초현실적인 그림 300여 점이 전시되어 있으며 채광을 고려한 실내 인테리어가 인상적으로, 미술관 밖에는 그의 입체작품도 있다.

바르셀로나의 명물 중 빼놓을 수 없는 구엘 공원은 일찍이 영국의 전원도시를 동경했던 구엘이 투자하여 가우디가 만든 공원으로 지중해가 내려다보는 언덕 위에 세워져 있다. 특징은 타일 모자이크를 이용한 멋진 건축물이 자연과 잘 조화되어 있다는 점과 공원 내에 가우디의 유품들이 전시된 가우디 박물관이 있어 그의 생애를 볼 수 있다는 것이다.

River Seine
Paris.

파리1(Paris)

에펠탑과 개선문으로 대표되는 파리는 예술의 중심 도시답게 볼거리들도 많다.

파리는 그 자체가 하나의 박물관이다. "거리의 모퉁이 하나를 돌고, 다리 하나를 건널 때마다 바로 그곳에 역사가 전개된다"는 괴테의 말이 실감난다.

에펠탑이 있는 파리 구시가에는 200~300년 된 도로와 건물들이 아직 그대로 있다.

20~30년만 돼도 재건축이다 뭐다 해서 다시 짓는 우리와는 근본 사고부터 다르다.

적어도 20세기 들어와서 새로 지은 집은 없는 것 같다.

시내 중심에는 낭만 어린 센 강이 흐르고 있다.

시내 어느 관광지에도 대부분 지하철과 버스가 연결되어 있어 교통이 매우 편리하다.

워낙 볼거리가 방대해 파리여행은 관심분야를 집중적으로 보는 테마여행이 필수적이다.

파리에는 예술의 도시답게 박물관 숫자만도 100여 개가 넘는다. 몇 년을 살아도 다 볼 수가 없을 것이다.

크게 세 곳에 연대별로 잘 정리되어 있는데, 고대―중세 작품들은 주로 루브르에, 근대 작품들은 오르세에, 현대 작품들은 퐁피두 센터에 각각 소장돼 있다.

다른 곳은 몰라도 이 세 곳은 꼭 볼 것을 권하고 싶다.

루브르 미술관

명실공히 세계 최대의 미술관으로서 파리 여행의 하이라이트다.

세계 3대 박물관 중의 하나인 루브르 박물관은 소장작품 숫자만 약 40만 점, 한 작품 감상에 1분씩 쳐도 4개월이 걸린다. 하루를 온통 할애해도 훑어보는 것으로 그치기 때문에, 관심 있는 부분을 집중적으로 감상하는 것이 현명한 방법이다.

1190년 필립 오귀스트에 의해 건립된 루브르는 프랑스와 1세에 의해 이탈리아 르네상스식 궁전으로 새롭게 태어났다. 그 후 지속적인 증, 개축을 거치면서 역대 왕들이 수집한 명화나 조각들을 전시하게 됐으며 프랑스 대혁명 이후 비로소 미술관으로서의 모양새를 갖추기 시작했다.

1981년 미테랑 대통령의 '그랑 루브르' 정책에 의해 루브르는 본격적인 공사에 들어가 명실공히 세계 최대의 박물관으로 거듭나게 되었다. 대대적인 신축 공사의 일환으로 1989년 완공된 유리 피라미드는 루브르 궁의 중앙에 위치한 건축물로서 루브르의 외관을 완전히 새롭게 바꾸어 놓은 매우 혁신적인 시도였으며, 과거와 미래를 연결하는 루브르의 상징이 되었다. 피라미드를 통해 내부로 들어가면 강당, 시청각실, 레스토랑, 그리고 미로와 같은 방대한 박물관을 안내해 주는 안내소가 있는 나폴레옹 홀과, 각종 아트숍이 있는 지하공간 '까루젤 뒤 루브르'를 만날 수 있으며, 세 개의 전시관으로 들어가는 입구가 나온다.

레오나르도 다 빈치의 〈모나리자〉, 다비드의 〈나폴레옹 1세의 대관식〉, 들라크루아의 〈민중을 이끄는 자유의 여신〉, 렘브란트의 〈노화가의 초상〉 등, 명화 중의 명화들을 만날 수 있으며 또한 〈밀로의 비너스〉와 이집트의 '함무라비 법전'도 빼놓을 수 없는 볼거리다.

오르세 미술관

생제르멩 대로를 따라 올라가면 기차역을 개조해 1986년 개관한 오르세 미술관이 있다. 여기에는 오늘날 현대미술의 발전에 크게 영향을 미친 인상파 그림들이 전시돼 있다.

이곳이 미술관으로서 모양새를 갖추기 시작한 것은 1977년부터

였다. 지금도 커다란 시계가 박물관 외관을 장식하고 있어 당시 철도역사로 사용되었음을 알려 주고 있다.

오르세 박물관은 19세기 후반(1848~1914)에 제작되었던 회화, 조각, 건축, 장식, 사진, 영화, 그래픽 예술 등에 관한 작품들을 전시하고 있는데, 고전 작품을 소장하고 있는 루브르 박물관과 현대미술관인 퐁피두 센터를 잇는 교량 역할을 하고 있다.

우리에게 잘 알려진 밀레의 〈만종〉〈이삭 줍기〉와 마네의 〈피리 부는 소년〉, 고갱의 〈타히티의 여인들〉을 비롯해 마네, 드가, 모네, 세잔 등 대부분 인상파 작품들이 전시되어 있다.

19세기를 대표하는 미술관이자 파리의 빼놓을 수 없는 관광명소 중 하나다.

퐁피두 센터

파리의 중심가 포럼 데 알과 마레지구 사이에 위치한 퐁피두 센터는 미술, 음악, 영화 등 현대예술에 조예가 깊었던 퐁피두 대통령이 제안하여 만든 초현대식 건물이다. 디자인 공모전을 통해 뽑힌 외국인 그룹의 설계에 의해 건축된 이 건축물은 짓다 만 듯한 외형으로 처음엔 파리 시민들의 비판을 받았으나, 현대 예술가들의 작품전이 열리는 현대미술관에는 오히려 그런 외형이 어울린다 해서 요즘은 오히려 찬사를 받고 있다.

부대시설로는 도서관, 영화관, 각종 전시실, 회의장 등이 있으며

상젤리제거리
paris
Kim myung sile

센터 앞의 광장에는 거리의 예술가들이 펼치는 각양각색의 거리공연이 펼쳐져 관광객들의 눈을 즐겁게 해준다.

회화, 조각, 뎃생, 사진, 디자인, 건축, 실험주의 영화, 비디오, 플라스틱 아트 등 1905년부터 오늘에 이르기까지 20세기 현대 작가들의 작품들을 소개하고 있다.

상제리제와 함께 파리를 대표할 만한 낭만적 분위기가 있는 곳으로 역시 몽마르뜨 언덕을 빼놓을 수 없다.

몽마르뜨라는 말은 '순교자(마르뜨)의 산(몽)' 이란 뜻을 가지고 있어서 역사적으로 보면 오늘날 낭만적인 면과는 전혀 다른 의미를 갖고 있다.

이 언덕은 피카소, 베를리오즈 등 유명 예술인들이 가난한 무명시절을 보낸 곳으로 유명하다. 사실 언덕이라 봐야 해발 130m밖에 안된다. 그래도 파리에서 제일 높은 산이다. 시내가 내려다보이는 것은 파리가 평지이기 때문이다.

지금도 무명화가들이 이곳에서 관광객들을 위해 즉석에서 초상화를 그려 주기도 한다.

이 몽마르뜨 언덕에는 40년에 걸쳐 완공된 사크레쾨르 성당이 있다.

이 성당은 비올레 르 뒤크의 제자 아바디의 설계로 1876년에 기공하여 1910년 마뉴가 완성하였다. 과거의 여러 성당 모양을 본뜬

절충적 성당으로 집중식 플랜의 중심에 큰 돔을 올려놓은 로마네스
크풍의 파사드를 채용하는 등, 비잔틴 로마네스크 양식이라고 할
만한 건축이다. 종루에는 세계 최대의 종(26톤)이 있다.

그밖에 빼놓을 수 없는 것은 스페인에서 태어나 파리에서 활동한
천재화가 피카소의 회화, 도자, 조각작품 400여 점을 모아 놓은 피

카소 미술관, 프랑스의 역사와 영화 등을 500점이 넘는 밀랍 작품을 통해 감상할 수 있는 그레뱅 박물관, 와인의 역사와 주요 와인의 진수를 보여 주는 와인 박물관, 로댕의 불후의 명작인 〈생각하는 사람〉〈지옥의 문〉〈칼레의 시민〉과 그의 제자 카미유 클로델의 작품도 함께 감상할 수 있는 로댕 미술관이 있다.

고대부터 현재까지 프랑스 군대의 무기와 군복 등이 진열되어 있어, 프랑스 역사의 중요한 순간들을 회상할 수 있는 군사 박물관, 이밖에도 의상 장식 박물관, 들라크루와 미술관, 인류 박물관, 문화재 박물관, 하수도 박물관 등 박물관은 도무지 끝도 없다.

그 많은 미술관과 박물관 앞은 언제나 내외국인들로 장사진을 이루며 그러한 박물관 미술관들은 누구나 맘만 먹으면 쉽게 닿을 수 있도록 교통이 편한 시내 중심가에 있다는 것이 우리와 다르다.

루브르 미술관
Paris
1997
Kim myung hwa

파리2(Paris)

안개 낀 어느 일요일, 30대 미망인 안느는 딸 프랑수아즈를 만나러 도빌에 갔다가 역시 같은 기숙사에서 지내는 아이를 만나러 온 남자 장을 알게 된다. 안느는 파리행 기차를 놓쳐 장의 차를 타고 돌아오게 되면서 이야기는 시작된다.

장이 안의 남편에 대해 묻자 남편은 배우이며 가수이자 시인이었다고 말하며 안은 추억에 잠긴다.

그리고 두 사람이 다시 만났을 때, 장 역시 아내를 잃고 혼자 살고 있음을 안느에게 말한다.

두 사람은 친구가 되고, 결국 그 이상의 감정을 느끼게 된다.

영화 '남과 여'의 줄거리다. 고등학교 때 미모의 안느크 에메가 주연한 이 프랑스 영화를 처음 본 후 마카로니 웨스턴(이태리에서 제작된 서부영화)에 익숙했던 나의 사고에 혼란이 왔다. 적어도 그 이전까진 그런 예술성 있는 작품은 보지 못했기 때문이다.

배우들과 제작자들의 파티장, 칸

헐리우드의 상업주의를 용납하지 않는 영화가 프랑스 영화가 아
닌가 싶다.

감독으로 레옹의 뤽 베송, 배우로는 알랭 들롱, 이브 몽탕, 장 폴
벨몽드 등 세계 톱스타들이 즐비하다.

1895년 뤼미에르 형제가 바로 이곳에서 영화필름을 발명했기 때
문인지 많은 영화축제가 열리며 그 중에서 가장 유명한 것은 우리
에게도 잘 알려진 칸 영화제다.

칸은 매년 5월이면 세계 각국에서 모여든 배우들과 제작자들의
파티장으로 변한다. 이 영화제는 일반인들에게 공개되는 영화보다
는 참석한 스타들을 보려고 몰려드는 사람들로 북새통이다.

9월에는 도빌에서 미국 영화제가 열리고, 아보리아츠는 1월마다
공상과학 영화제를, 샹루스는 3월마다 코미디 영화제를 개최하며
심지어 스키리조트에서도 영화 페스티발을 열어 스키를 즐기러 온
관광객들에게 또 다른 즐거움을 안겨주고 있다.

프랑스 영화가 발전할 수밖에 없는 이유가 여기에 있는 것이다.

영화뿐만 아니라 음악 페스티발, 댄스, 연극 축제 등 종류를 헤아
릴 수 없을 정도의 다양한 행사가 프랑스 여행을 더욱 설레게 한다.
프랑스는 1년 내내 축제 분위기에 젖어 있는 나라라고 말할 수 있
다. 매년 프랑스의 모든 지방에서 500개 이상의 페스티벌이 열리고
있다.

뛰어난 지역 오케스트라와 오페라단

음악 페스티벌이 열리는 동안 프랑스인들은 거리에서, 광장에서, 주점과 콘서트홀에서 노래하고 연주하는 사람들로 붐빈다.

프로방스와 코트다쥐르 지방에서는 시원한 여름 저녁시간을 이용해서 야외 음악 페스티벌이 곳곳에서 열린다. 별빛이 비치는 고대 로마 원형경기장과 중세의 수도원에서 세계적인 아티스트들이 협연하는 모차르트, 베르디, 바그너의 수준 높은 오페라를 감상할 수 있다.

특히 프랑스 독립기념일인 7월 14일은 거리와 광장에서 밤새도록 춤과 음악의 절정을 이룬다.

파리 외에도 리용, 릴, 낭트, 보르도, 툴루즈, 마르세이유, 니스에 있는 주요 도시의 음악 센터마다 세계 톱 클래스의 아티스트를 초청하는 데 전혀 손색이 없을 만큼 뛰어난 지역 오케스트라와 오페라단을 보유하고 있다.

아비뇽(Avignon)에서 열리는 연극제는 7월 한 달 동안 하룻밤에 적어도 열 가지 이상의 프로그램을 보여 준다. 프랑스에서는 물론 세계 각국의 극단들이 관객들에게 최신 작품을 소개하기 위해 모여들고 있다.

활기찬 파리의 모습을 찾는다면 리도, 물랭 루즈, 크레이지 호스, 폴리 베르제르 같은 유명한 캬바레에 가면 된다. 아름다운 무희들과 화려한 의상, 흥겨운 캉캉춤에 만족하게 될 것이다.

파리에서 카바레를 선택하는 요령은 간단하다.

파리의 카바레는 잘 알려진 곳이 가장 좋은 곳이다. 별로 알려지지 않은 카바레에서는 B급 스트립 쇼 정도밖에 볼 수 없다. 카바레 대다수는 웃옷을 입지 않고 머리에 깃털이 박힌 거대한 장식을 한

River Seine
Paris.

무희들이 화려하고 다양한 쇼를 보여 준다. 저녁식사까지 포함된 경우에는 비용이 추가된다.

우리에게도 잘 알려진 리도(Lido)쇼는 미국 라스베가스 풍의 카바레로 유명한 무용수들이 많이 나와 공연한다. 항상 새로운 내용으로 찾는 이들에게 즐거움을 선사하는 이곳은 개선문에서 콩코드 광장을 바라보고 왼편 길로 걷다 보면 나온다.

1900년에 카바레로 만들어진 물랭 루즈(Moulin Rouge)는 건물 바깥에 있는 빨간 풍차만이 변함없는 모습으로 남아 카바레의 대표적인 모습으로 표현되고 있다. 화가 로트렉의 그림으로도 유명한 캉캉은 아직도 가장 많이 상영되는 단골 메뉴이다. 특히 의상과 연출면에서 유럽 최고를 자랑한다는 곳이다.

모자를 쓰고 한손에 술을 들고 춤을 추는 토끼가 냄비에서 뛰쳐 나오는 데서 그 이름이 유래한 오 라팽 아질(Au Lapin Agile)은 기욤 아폴리네르 등 19세기 후반과 20세기 초반의 지성인과 예술가들의 모임장소로도 유명세를 떨쳤다. 2층 벽면에 붙은 통유리 크기만한 간판은 지금도 과거의 스틸영화를 보는 듯하다.

샹송이라는 프랑스 말은 스페인의 칸시온이나 이탈리아어의 칸초네와 같은 어원을 갖고 있는데, 가요, 노래를 의미한다. 프랑스의 대중가요를 모두 샹송이라 말해도 무방하지만, 전통적인 샹송에서

는 다른 나라들의 노래와는 상이한 몇 가지 특징을 볼 수 있다.

흔히 상송은 한 편의 드라마라고 일컬어지듯, 노랫말은 이야기가 많은 것이 특색이다. 곡은 쿠플레라는 스토리 부분과 르프랭이라는 반복 부분으로 이루어져 있다. 그리고 일상 대화에서 사용되는 것과 같은 알기 쉬운 말로, 때로는 은어를 섞어서 엮는다.

따라서 상송 가수는 단지 멜로디를 노래하는 것이 아니라, 그 가사의 내용을 전달하는 데 중점을 둔다고 볼 수 있겠다. 프랑스에서는 대부분의 가수가 음악 학교는 나오지 않았더라도 대개 딕션(화법) 공부를 하는데, 바로 이 때문이다.

먹고 마시고 노는데 요리가 발달하지 않을 수 없지 않은가?

이것이 프랑스 요리가 유명해질 수밖에 없는 이유다.

물론 프랑스 요리가 유명해질 수 있는 이유는 지정학적으로 지중해와 대서양에 접하고 있어서 기후가 온화하고, 농산물, 축산물, 수산물이 모두 풍부하여 요리에 좋은 재료를 제공하고 있기 때문이기도 하다. 따라서 프랑스를 표현할 때 문화 예술과 함께 큰 비중을 차지하고 있는 것이 바로 요리다.

프랑스에서는 예전부터 지구상에 존재하는 거의 모든 것들을 재료로 사용하여 음식을 만들어 왔고, 그 맛에 있어서도 타의 추종을 불허해 왔다. 이런 이유로 세계의 식도락가들은 프랑스로 몰려들었고 프랑스를 세계 음식 문화의 중심지로 자리잡게 했다.

예술과 패션의 도시 파리, 세계적으로 이름난 향수, 아름다운 건축, 거대한 오페라, 흥겨운 야외 댄스파티, 최고급 레스토랑에서부터 비스트로까지 어디에서나 맛볼 수 있는 훌륭한 요리가 있어 즐거운 곳이 바로 프랑스 파리인 것이다.

뉴질랜드
New Zealand

오클랜드(Auckland)

지상 최후의 낙원으로 알려진 뉴질랜드는 공무원 청렴도와 국가 안정도가 세계 1위를 자랑한다. 다시 말해 세계에서 가장 친절하고 정직한 사람들이 모여 사는 곳으로 주저 없이 뉴질랜드를 꼽을 수 있다. 그중 상업도시인 오클랜드는 맑은 공기, 친절도 등을 이유로 경제인이 뽑은 사업상 가장 방문하고 싶은 도시로 꼽히고 있다.

그야말로 세계인이 가장 살고 싶어하는 나라이자 도시로서 지상 낙원이라는 얘기다.

모든 자연을 한곳에 축소해 놓은 나라, 뉴질랜드

푸른 초원을 뛰노는 양떼들로 대표되는 뉴질랜드,

깨끗한 호수를 끼고 옹기종기 모여 사는 동화 같은 작은 마을,

끝없이 펼쳐지는 열대 식물들로 가득찬 산림과 피오르드 지형,

드높은 산봉우리들과 함께 나타나는 눈이 시리게 하얀 빙하들.

늘 달력에서만 봐 왔던 풍경들이 눈앞에 펼쳐진다.

세계의 모든 자연을 한곳에 축소해 놓은 나라가 바로 뉴질랜드인 듯싶다. 짧은 휴식을 위해서라면 뉴질랜드만큼 이상적인 나라도 없을 것 같다.

산림 경치를 즐기며 산을 정복하고 싶다면 트램핑(일종의 산림욕)을 해 보고, 색다른 체험을 얻고 싶다면 빙하를 타고 내려오는 시원한 빙하 스키와 동굴 속을 흐르는 물줄기를 따라가는 래프팅도 할 수 있다.

번지 점프가 최초로 뉴질랜드인에 의해 시작됐음은 의심할 여지가 없다.

뛰어난 자연경관을 단순히 보고 즐기는 것도 좋지만, 이렇듯 자연과 함께 호흡할 수 있는 각종 스포츠, 레저 활동의 천국인 뉴질랜드이니만큼 이를 함께 즐기는 것도 좋은 여행이 될 수 있다.

오클랜드는 뉴질랜드 경제, 상업의 중심지이며 뉴질랜드 전체 인구의 약 1/3이 거주하는 최대의 도시이다. 우리 나라 교포들 중 약 80%가 이곳에 거주하고 있다.

4세기 경 폴리네시아의 섬에서 이주해 온 마오리족에 의해 꽃핀 폴리네시안 문화는 1840년 유럽인들이 이주해 오면서 식민의 역사로 이어지게 된다.

1840년부터 1865년까지 식민지의 수도였던 오클랜드는 당시 영국에서 추앙받던 오클랜드 경의 이름을 따서 명명되었으며 19세기 말에 골드 러시의 붐이 일자 이에 편승하여 빠른 경제 발전을 이룩하면서 오늘날 뉴질랜드 제일의 도시로 성장하였다.

서울의 절반 정도 크기로, 항구의 한쪽에 자리한 퀸 엘리자베스 2세 광장에서 시작되어 남쪽으로 쭉 뻗은 퀸 거리를 중심으로 다운타운을 형성하고 있다.

도심 곳곳에는 싱그러운 초록의 녹지가 조성되어 시민들의 편안한 휴식처를 제공하며, 과거 활발했던 화산 활동으로 만들어진 비탈길은 단조로울 수 있는 도시에 언덕을 오르내리며 느낄 수 있는 산책의 재미를 더해 준다.

항구를 중심으로 퍼져 있는 여러 섬들 사이를 운행하는 배 위에서 바라다보는 도시의 아름다움과 상쾌함은 오클랜드를 찾는 여행자들에게 '항해의 도시(City of Sails)'란 별칭을 듣기에 손색이 없다.

퀸 엘리자베스 2세 광장 근처에는 공항과 시내를 연결하는 에어버스 터미널이 있고, 반경 1km안에 오클랜드 철도역이 있으며 해상 교통이 이루어지는 페리 빌딩과 워터프론트가 가까이에 위치해 있다.

　동쪽으론 시민의 휴식처인 앨버트 공원, 오클랜드 대학 등이 있고 서쪽으로 빅토리아 공원과 공원 마켓이 자리한다. 좀더 멀리 나가 보면, 쇼핑과 레스토랑의 거리인 파넬(**Parnell**)이 동쪽으로 있고 서쪽으로는 교통 박물관과 동물원, 남쪽엔 에덴 산이 있다.

홉슨 해상 박물관

오클랜드의 와이테마타 항구에 접한 세계 최대의 해상 박물관은 뉴질랜드의 해상 역사를 보여 주는 자료들로 가득하다. 원래 주인이던 마오리족의 카누·카약의 변천과 이용 방법, 그리고 오늘날 범선의 도시를 있게 한 현대적인 보트에 이르기까지 뉴질랜드 100년 동안의 해상 역사를 모형, 실물, 그림으로 보여 준다.

광장에는 아메리카배(American's Cup) 요트 경주에 출전했던 KZ1이 전시되어 있으며 폴리네시안 민속경연이 매일 열려 관광객을 맞이한다.

박물관에서는 매일 무료 안내 투어를 실시하기 때문에 이를 이용하여 박물관을 돌아보고 박물관 앞 부두에서 하버 크루즈를 즐기는 것도 또 다른 즐거움이다.

오클랜드 박물관

1852년 고딕 양식으로 지어진 오클랜드 박물관은 흰색의 3층 건물이다.

1층은 마오리의 문화가 전시된 곳으로 옛 마오리 선조들이 쓰던 수공예 목각 인형에서부터 전쟁 무기에 이르는 유물들이 한눈에 볼 수 있도록 전시되어 있다.

1836년경에 만들어졌다는 '테 토키 아 타피리' 가 전시돼 있는데 이것은 실제로 마누카우만을 누비고 다녔던 길이 25m의 전쟁용 카누다.

2층에는 '뉴질랜드의 자연'이 전시되어 있는데 특히 타카헤 (Takahe), 키위(Kiwi)와 같이 뉴질랜드에만 서식하는 동물들이 박제되어 있다.

3층은 제 1, 2차 대전의 유물들과 전몰자들을 추모하는 위령홀이 마련되어 있다. 다소 엄숙한 분위기의 이 층에서는 일제, 영국제 전투기와 각종 무기들이 전시되어 있어 태평양 전쟁 등 굵직한 전쟁에 뉴질랜드가 참전했던 역사를 느끼게 한다.

오클랜드 시립 미술관

퀸 거리와 웰즐리 거리가 만나는 교차점에서 앨버트 공원 쪽으로 가다 보면 보이는 흰색 건물로 1888년 문을 연 뉴질랜드 최초의 미술관이다.

뉴질랜드 고유문화와 유럽 문화를 함께 느낄 수 있는 1,000여 점의 작품들이 전시되어 있다.

메인 홀에는 역사적인 작품들이 주를 이루며 특히 개척 전의 뉴질랜드 전원, 마오리족의 생활을 담은 그림들을 볼 수 있다. 새로 지은 갤러리는 뉴질랜드의 현대 미술에 초점을 맞춰 맥카흔의 작품을 중심으로 전시하고 있다. 뿐만 아니라 정기적으로 현대 및 고대 미술 특별 전시회를 개최한다. 미술관 안에는 카페와 바, 서점 등의 휴게실도 갖춰져 있다.

윈터 가든

그냥 지나치기에 아까운 곳이 또 하나 있다면 그것은 바로 윈터 가든이다.

남태평양의 각종 진기한 꽃들이 전시되어 있으며 겨울철에도 볼 수 있도록 아름답게 꾸며져 있다. 뜨거운 수증기로 가꾸는 열대 식물과 갖가지 꽃이 활짝 핀 글래스 하우스가 인상적이다.

파넬 빌리지

시내에서 도보로 20분 정도 거리에 있는, 오클랜드 역에서 항구를 등지고 뻗은 서쪽의 번화가가 파넬 거리다. 젊은 여성들에게 특히 인기가 있는 이 거리는 도로를 중심으로 늘어선 부티크와 레스토랑으로 쇼핑가를 이룬다.

하얀 빅토리아풍의 건물은 연중무휴이며 야외 테이블도 갖춰져 있어 커피와 같은 간단한 음료도 마실 수도 있다. 파넬에서 쇼핑으로 눈요기를 하고 간단한 음식으로 배를 채웠다면 이 거리의 끝에 있는 파넬 로즈 가든에서 잠시 쉬어가도록 한다.

영화 반지의 제왕의 그 웅장하고 신화적인 배경의 촬영장소가 이곳일 만큼 오클랜드는 수려한 풍광, 레저와 볼거리로 모험심 많은 여행자들을 유혹하고 있다.

Buskers in
SOHO
NYC
Kim myshik

뉴욕1(New York)

세계 2차대전은 종전의 파리를 중심으로 한 미술활동이 미국으로 옮겨오는 데 결정적 역할을 했다.

전쟁의 포성으로 불타는 파리는 더 이상 예술가들의 쉼터가 될 수 없었던 것이다.

그들은 자유를 찾아 전쟁이 없는 미국과 러시아로 옮겨가게 된다.

물 만난 고기처럼 그들의 예술 활동은 현지작가들과 합류, 막강한 경제력을 바탕으로 한 미국의 토양에서 뿌리를 내리게 된다.

뉴욕 맨하튼은 각종 공연장과 박물관, 미술관, 화랑, 패션가 등 모든 예술관련 시설들이 집중돼 있다. 그 중에서도 돋보이는 것은 4대 뮤지엄(메트로폴리탄, 모마, 휘트니, 구겐하임)이다.

맨하튼 동쪽 75가에서 88가 사이에 모마를 제외한 3대 미술관이 자리하고 있다.

메트로폴리탄 뮤지엄

선사시대부터 현재에 이르기까지 대략 200만 점 이상의 미술품을 소장하고 있는 미국 최대의 미술관이며, 런던의 대영 박물관, 상트 페테르부르그의 에르미타쥬, 파리의 루브르와 더불어 세계 4대 미술관 중의 하나이다.

뉴욕에서 이 미술관이 건립되기까지 대부호들의 엄청난 기부와 광범위한 수집 방법 등은 현재의 메트로폴리탄을 가능하게 한 전설로 남아 있다. 실제로 매년 뉴욕을 방문하는 전세계 500만 명의 관광객 중 가장 선호하는 방문지 1호가 바로 이 미술관이라는 통계가 있을 만큼 메트로폴리탄 미술관은 일단 규모와 소장품에서 타의 추종을 불허한다.

2층 중앙에 위치한 유럽 회화 컬렉션은 무려 3,000점에 이르며 가장 압권으로 꼽는 곳은 13~19세기 유럽회화 전시관이다. 그중 네덜란드실에는 렘브란트, 베르메르가 있으며, 스페인실에는 벨라스케스가, 이탈리아실에는 르네상스 시대의 지오토, 라파엘로, 카라바지오 등이 있다. 르누아르와 고흐, 고갱, 세잔 등 신고전주의부터 낭만주의 인상파, 후기인상파까지 이르는 주옥같은 작품들은 한마디로 감동이 아닐 수 없다.

모마 뮤지엄

1880년 이후의 유럽과 미국의 모더니즘을 한눈에 조망할 수 있을 정도로 많은 작품들을 보유하고 있다. 미술교과서에 단골로 등장하는 작품들 대부분이 모마에 걸려 있다고 해도 과언이 아니다.

에드워드 D.스톤 과 필립 L.굿윈이 디자인한 4층 건물인 이 뮤지엄은 계속 늘어나는 작품로 인해 현재는 맨하튼에서 퀸즈로 옮겨 지난해 재개관했다.

피카소, 고흐를 비롯 잭슨 폴록, 드 쿠닝 등 가장 널리 알려진 현대미술가들의 많은 그림과 조각 작품들을 소장하고 있으며 이외에도 미국에서 영화, 사진, 건축 그리고 디자인을 미술의 중요한 영역으로 동등하게 설정한 최초의 미술관이라는 의미도 갖고 있다.

따라서 뉴욕을 방문한다면 꼭 둘러볼 것을 추천하고 싶은 미술관이다. 실제로 모마는 단순한 미술관의 차원을 넘어서 뉴욕을 현대미술의 중심지로 만든 그 역사 자체가 하나의 미술사이기 때문이다. 모마의 정책과 컬렉션은 현대미술의 경향과 사조가 어떻게 흘러왔는가를 아주 흥미롭게 보여 주는 곳이다.

휘트니 뮤지엄

휘트니 비엔날레로 잘 알려진 뮤지엄이다.

이곳에서는 짝수해 여름에 2년마다 휘트니 비엔날레가 열린다.

뉴욕의 전통적인 고급 갤러리 지역의 한가운데인 매디슨 애비뉴 75가에 위치한 이 미술관은 1930년에 처음 건립되었다. 미술관의 설립자이자 아마추어 조각가였던 거트루드 밴더빌트 휘트니 여사

가 수집한 6,000여 점의 작품을 시작으로 컬렉션이 이루어져 있고 본관은 마르셀 브르어라는 건축가가 바우하우스 스타일로 디자인 하여 1966년에 완성하였는데, 계단을 거꾸로 세워 놓은 듯한, 올라 갈수록 넓어지는 독특한 외관이 특징이다.

전시 공간은 3만 평방 피트, 천장이 5미터 이상으로 야외조각을 전시할 수 있고 공간이나 벽면을 이용한 작품도 만들 수 있을 정도 로 대형전시에 알맞다. 또한 벽 자체도 전시 내용에 따라서 자유롭게 칸막이를 이동할 수 있도록 되어 있다.

휘트니 미술관이 단순히 개인의 소장품을 중심으로 개관한 개인적인 미술관의 의미에 그치지 않는 것은, 리히텐슈타인, 조지아 오키프 그리고 재스퍼 존스 등 현대미술사에서 중요한 위치를 점하고 있는 미국 대표작가들의 작품을 많이 소장하고 있다는 것도 이유가 되지만, 그보다는 1910년부터 비롯된 미국미술의 현대화 운동을 적극 지원해왔고 알려지지 않은 젊은 작가들의 작품에 여타의 미술관보다 훨씬 적극적으로 문호를 개방해온 행동하는 미술관이기 때문이다.

20세기의 마지막 해인 지난 1999년, 뉴욕에서는 역사적인 미술전시가 있었다.

그해 4월부터 2000년 2월까지 무려 10개월 동안 '20세기 미국의 현대미술전(The American Century Art & Culture 1950~2000)'이 열렸다.

미국을 대표하는 608명의 작가의 대표작이 전시되는 대규모 기획전이다.

잭슨 폴록부터 로버트 라우센버그, 앤디 워홀, 신디 셔먼, 찰스 레이에 이르기까지 그야말로 1950년 이후 미국의 현대미술의 변천사를 한눈에 볼 수 있는 전시였다.

'아메리칸 센츄리'라는 전시 타이틀에서 느끼듯 기획의도가 다

분히 현대미술은 유럽이 아니라 미국이라는 등식을 전세계에 천명하는 전시임은 말할 것도 없다.

뮤지엄 지하 1층에는 레스토랑과 아트숍이 있다. 아트숍에는 갖가지 기발한 아트상품이 전시 판매되고 있다. 그 중 앤디 워홀의 작품 〈샌드위치〉가 눈에 띈다. 정말 먹는 샌드위치로 착각할 정도로 섬세하게 만들어진 메모첩이다.

구겐하임 뮤지엄

센트럴 파크 동쪽에 접해 있는 5번가를 따라 북쪽으로 올라가면 88가 오른쪽에 달팽이를 뒤집어 놓은 듯한 나선형의 하얀 건물이 있는데 이것이 바로 세계적인 현대 미술의 보고, '구겐하임 뮤지엄'이다. 이 뮤지엄은 3년 전 백남준 레이져아트쇼가 열려 우리에게도 친숙한 미술관이다.

1943년 구겐하임 미술관의 창립자 '솔로몬 R. 구겐하임'(1861-1949)은 20세기를 대표하는 건축가 프랭크 로이드 라이트에게 이 미술관의 설계를 의뢰했는데, 솔로몬이 사망한 지 10년, 라이트가 사망한 지 6개월 후인 1959년 10월이 되어서야 완성되었다.

솔로몬 R. 구겐하임은 1920년대 초반에 자신이 소장했던 유럽의 아방가르드 계열의 소장품들을 중심으로 설립하였다. 소장품은 입체주의, 초현실주의, 추상표현주의 계열의 작품의 비율이 많으며, 칸딘스키의 작품도 많이 소장하고 있다. 1976년 구겐하임 재단이

유명 현대미술 수집가 '탄호이저' 부부에게서 그들이 소장하고 있던 세잔, 드가, 고갱, 마네, 피카소, 고흐 등의 작품들을 기증받음으로써 뮤지엄의 소장범위와 작품수가 비약적으로 증가하게 되었다. 1992년에는 일반에게 공개되지 않았던 1층의 둥근 천장의 홀이 공개되었고, 시걸이 설계한 탑 부분이 완성되었다. 소호의 별관까지 포함하면 뮤지엄의 전시공간은 이전의 3배로 늘어났다.

구겐하임은 그 소장품 못지않게 건물 자체로도 유명하다. 미술관의 내부는 여타 일반적인 미술관처럼 독립된 층과 층 사이를 계단으로 오르내리는 것이 아니라 약 3도의 완만한 경사를 가지고 나선형으로 올라가게 되어 있다.

구겐하임은 가운데 공간이 비어 있는데다가 중앙 천정(자연채광이 가능하도록 큰 유리를 설치한 것) 효과로, 미술관 안에서의 밀폐된 공간이 주는 답답함이 덜하다.

그러나 이러한 건물의 형태는 찬사와 함께 비난의 대상이 되기도 하였다. 왜냐하면 건물의 완만한 기울기가 벽면에 걸려 있는 작품을 보는 사람들에게 미묘한 영향을 주어서 감상자들로서는 항상 평형감각을 유지하며 작품을 감상해야 하는 부담을 안게 되기 때문이다. 때문에 구겐하임은 뮤지엄이라기보다 프랭크 로이드 라이트라는 한 건축가의 작품에 불과하다는 혹평을 받기도 하였다.

미술관을 일컬어 미술의 '역사' 라고 한다면 화랑은 미술의 '현

재'라고 말할 수 있다.

특히 화랑은 현시대의 미술조류를 그대로 반영하는 곳이며 미술
관과는 달리 그림을 사고 파는 곳이므로 누구나 쉽게 방문할 수 있
다. 맨하튼의 갤러리는 다운타운의 소호(SOHO)와 공장과 창고지
역을 개발한 첼시(West Chelsea), 미드타운의 57번가 사이, 업타

운의 메디슨 애비뉴 70~84가 등 대략 만여 개에 이른다. 소호나 첼시지역에는 고층건물이 통째로 화랑으로 사용되는 경우가 많은 데, 층별로 테마가 다른 것이 특징이다. 최근에는 소호지역의 땅값 이 비싸지고 패션가로 바뀌면서 화랑들이 급격히 첼시쪽으로 이전 하고 있는 추세다.

최초 화가들이 모여 스튜디오로 출발한 소호지역이 아이러니컬 하게도 지금은 주인공인 화가들을 내모는 식이 돼 버렸다는, 지난 해 뉴욕 타임즈 기사가 생각난다.

맨하탄

그 비싼 땅덩어리 한가운데에 자리한 3대 뮤지엄과 4대 오페라 공연장, 만여 개의 화랑들……

게다가 843 에이커의 드넓은 센트럴 파크, 이 모든 문화관련 시 설이 교통이 가장 편한 맨하탄에 모여 있다는 것이 오늘날 뉴욕이 현대예술의 중심이 될 수밖에 없는 이유다.

그리고 그들은 이제 이렇게 문화예술을 산업화하여 막대한 외화 를 앉아서 벌어들이고 있다.

당분간, 아니 적어도 21세기는 미국 주도에서 벗어날 수 없을 것 같다는 생각이 든다.

Central park
in Winter
2002   NYC

뉴욕2(New York)

'캣츠'―세계 뮤지컬사를 새로 쓰다

브로드웨이 뮤지컬이 열리는 뉴욕 맨하탄 42번가 타임스퀘어, 한국의 명동격인 이곳은 항상 많은 인파로 넘쳐난다.

다양한 디자인의 다국적 간판이 쉴새없이 불을 토해 낮인지 밤인지 구분이 안 갈 정도다. 각종 공연장과 메이저 음반사, 음반 매장, 최고급 호텔과 레스토랑 등이 이곳에 있으며 47가 할인티켓 판매소 앞 눈에 잘 띄는 곳에 우리 나라 S기업의 간판도 다른 메이저 간판들과 어깨를 나란히하고 있어 흐뭇함도 느낀다.

'캣츠', '레미제라블', '오페라의 유령', '미스 사이공'을 흔히 브로드웨이 4대 뮤지컬이라고 한다.

이중 '캣츠'와 '미스사이공'은 막을 내렸고 '레미제라블'이 다음

달 막을 내리기로 하면서 뮤지컬팬들의 관심은 '오페라의 유령' 으로 쏠리고 있다.

그렇게 되면 90년대 막을 올린 브로드웨이 4대 뮤지컬 중 '오페라의 유령' 만이 남는 셈이다.

'캣츠' 는 2000년 9월 10일에 18년간 7,485회 공연을 끝으로 막을 내렸으며 '미스 사이공' 은 2001년 1월 28일에 4,097회 공연을 마치고 무대 뒤로 사라졌다.

현재의 최장기 공연기록 1위는 '캣츠' (7,485회), 2위는 '레미제라블' (2002년 10월 6일 기준 6,428회), 3위는 '코러스 라인' (6,137회), 4위는 '오페라의 유령' (2002년 10월 6일 기준 6,131회), 5위는 '오 캘커타' (5,959회), 6위는 '미스 사이공' (4,097회)이다.

뮤지컬 '캣츠' 는 세계 뮤지컬사를 새로 썼다고 해도 과언이 아니다.

고양이라는 동물을 의인화하여 인간들의 삶을 음악과 춤, 그리고 코믹한 상황들을 통해 그려내어 시종일관 관객들을 사로잡는 이 작품은 지난 1982년 10월 7일에 브로드웨이 윈터가든에서 막을 올린 후 18년간 7,485회의 놀라운 숫자로 막을 내리기까지 브로드웨이 뮤지컬 사상 최장기 공연 기록을 세웠다.

그 동안 관람객은 뉴욕시 상주 인구 숫자를 넘는 800만여 명, 입

tkts
tkts
tkts
Broadway
ticket
Booth

장권 수입은 3억 2,900만 달러에 달하며, 231명의 출연 배우가 동원됐다.

주제곡인 '메모리'는 그 동안 전세계 180여 명의 배우 및 가수, 오페라 가수들에 의해 취입됐으며 최근 브로드웨이의 한 조사 단체가 집계한 바에 따르면 '캣츠'가 뉴욕시에 기여한 경제적 이익은 무려 31억 2,000만 달러, 전세계적으로 30여 개국에서 공연되어 관람객 5,000만 명에 공연 수입만 22억 달러를 올린 것으로 조사되었다.

이미 '코러스 라인'을 제친 오페라의 유령이 다음달 3월 막을 내리는 '레미제라블'을 제치고 2위로 올라갈 것이 확실시됨에 따라 이제는 '캣츠'를 물리치고 과연 1위로 올라갈 수 있느냐에 관심이 모아지고 있다.

'미스 사이공'이 흥행에 성공할 수밖에 없는 이유는 리얼리즘 뮤지컬로 제반요소를 완벽하게 갖췄다는 것이다.

우선 실제 크기의 헬리콥터가 무대에 등장하는 아비규환의 사이공 탈출장면은 실제상황을 방불케 한다.

쉴새없이 이어지는 화려한 춤과 노래, 그에 따른 배우들의 연기는 그야말로 무대와 관객이 하나가 되는 광경을 이끌어낸다. 주인공 킴(Luoyong Wang)의 연기가 인상적이다. 그가 권총으로 자살할 때 관객석은 눈물바다를 이룬다.

St. Marks in the
Bowery in NY
2001
Kim myung Sik

베트남 전쟁 중 킴은 한 미군 장교를 만나서 사랑을 나눈다.

미국의 패전으로 장교는 본토로 철수를 하고 킴은 그와의 사랑으로 잉태된 아이를 낳고 그를 기다리다가 결국 권총으로 자살한다는 비극을 다룬 뮤지컬 '미스 사이공'은 현대판 '나비부인'으로 1,000만 달러 이상의 제작비와 엄청난 물량 공세로 숱한 화제를 낳았다.

이 작품의 미국 상륙을 앞두고 아시아계 단체들이 아시아 여성을 성적인 노리갯감으로 삼았다는 이유로 공연 중지를 강력히 요구하기도 했다.

일부 미국인들에게는 작품 내용이 미국을 비판하고 있다는 이유로 논란의 대상이 되기도 하였지만 오히려 이런 이유로 인해 더욱더 일반인들에 관심을 끌게 되어 미국 공연이 시작되기 전 6,000만 달러의 예매권이 팔려 나가는 등 이미 흥행은 예고돼 있었다.

주제곡 '세상의 마지막 밤'과 '해와 달'은 히트 뮤지컬 넘버로 지금까지도 많은 사람들에게 사랑받고 있다.

이외에도 '라이언 킹', '아이다', '아모르' 등 수십여 편의 뮤지컬이 매일 공연되어 관객들은 무얼 봐야 할지 고민에 빠지곤 한다.

아프리카 토속음악과 전통음악의 융합, 재즈

미국사람들이 유일하게 자신의 음악이라고 주장하는 장르가 바로 재즈다. 확실히 재즈는 미국에서 형성된 특별한 음악 장르 중 하나다. 재즈는 아프리카 토속 음악부터 서양의 클래시컬한 전통음악이 융합되면서 시작되었는데, 그 융합의 장을 제공해 준 것이 바로 미국이라는 새로운 공간이었던 것이다. 이것은 노예제도와 해방, 그리고 각기 다른 문화를 가진 민족들의 이민과 정착의 역사로 이루어진 미국이라는 신대륙에서만 가능한 이야기였다. 재즈는 아프리카 흑인 노예 출신들이 많았던 남부 뉴 올리안즈에서 태동, 시카고와 캔사스를 걸쳐 1920년대를 전후하여 뉴욕의 할렘에 이르게 된다.

이 무렵부터 할렘의 125번가에는 많은 재즈 클럽이 생겨났고, 영화로도 유명한 코튼클럽이 등장, 듀크 엘링턴 같은 뮤지션들이 이곳서 연주를 했다.

할렘지역이 흑인 빈민층의 거점이 되어 범죄의 온상이란 오명을 가지게 된 것은 1930년대 이후 뉴욕의 미드타운이 본격적으로 개발되면서 그곳 뒷골목에 살던 많은 흑인들이 할렘지역으로 서서히 모이면서부터였다. 그 시기전의 할렘지역은 재즈뿐 아니라 전반적인 흑인문화의 성지, 르네상스라고 불릴 만큼 활기찬 지역이었다. 현재도 125번가 아폴로 극장은 재즈 전용극장으로서 많은 뛰어난 흑인 재즈 연주자들의 무대다.

1930년대 맨하탄에 고층건물들이 늘기 시작하면서 미드타운에도 클럽들이 하나둘씩 오픈하게 되었다. 40년대 말, 52번가 록펠러 센터 번화가에 '버드랜드'가 문을 열어 유명한 빌리 홀리데이가 이곳에서 자주 노래를 했다. 이 시기에는 스윙재즈시대로서 큰 홀에서 빅밴드가 댄스음악을 연주하고 사람들은 춤을 추며 사교의 장 역할을 톡톡히 했다.

하지만 이후 타운의 임대료가 치솟고 왁자지껄한 스윙보다는 감상위주인 모던재즈로 유행이 바뀌면서, 재즈클럽들은 다시 남쪽의 그리니치 빌리지로 이전하기 시작했다.

99년 봄 이미 뉴욕시 전역에 80여 개의 점포를 둔 커피전문점 스타벅스가 처음으로 할렘 지역에 문을 열었을 때 개장식에 케니 지가 섹소폰을 분 사실에 많은 할렘의 흑인 재즈 연주자들이 분노했다고 한다.

그동안 재즈 음악이 흑인만의 전유물이라고 생각했던 그들이기에 충분히 그럴 만도 하다.

할렘의 전통을 묵묵히 이어온 재즈의 검은 맥은 특별하게 존중되어야 할 듯싶다.

비틀즈와 롤링 스톤즈 등으로 대표되는 60년대 영국의 팝 음악은 대서양 너머 뉴욕에서 판가름나곤 했다. 그들은 당시 프랭크 시나트라의 스탠다드 팝과 스윙재즈 컨트리 뮤직, 이지 리스닝 계열

Central park
in fall
2001
Kim myung sile

의 소울 등이 장악했던 미국 사회에서 적잖은 반향을 불러일으키기
에 충분했다.

1960년대 후반에서 70년대 초에 걸쳐서 록 음악이 등장했으나
80년대 들어 사라지고 말 그대로 팝이 그 자리를 차지한다. 사이먼
앤 가펑클, 밥 딜런, 존 바에즈, **CCR**, 퀸, 엘튼 존. 마이클 잭슨, 마
돈나 등 이루 헤아릴 수 없을 정도로 많은 기라성 같은 팝가수들이
전세계 젊은이들을 팝 음악으로 빠져들게 했다.

특히 81년 사이먼과 가펑클의 센트럴 파크 재결합 공연은 60만
인파가 몰려 당시 뉴욕시장이 나와 오프닝 멘트까지 할 정도였다.

팝 공연장으로는 라디오시티 홀과 매디슨 스퀘어 가든이 잘 알려
져 있다.

9 · 11 테러로 숨진 영혼들을 달래 주기 위해 그해 10월 20일 열
린 폴 매카트니, 엘튼 존, 백스트릿 보이즈 등 인기가수 20여 명의
추모콘서트(**The Concert for New York City**) 장소도 이 매디슨 스
퀘어 가든이었다.

최근의 경향은 혼란스러울 정도로 다양한 양상을 보여 주고 있
다. 특히 90년대 중반 이후 브루클린의 힙합 뮤지션들이 대거 등장
하고, 런던의 최신 테크노 댄스뮤직에 10대들이 열광하며, 얼터너
티브가 새롭게 변화하면서 춘추전국시대를 방불케 한다.

　　공연 및 전시예술의 중심으로서의 뉴욕의 위상은 이미 막강한 경
제력과 뉴욕 시의 전폭적 지지가 맞물려 21세기에도 지속될 것이
라는 점은 누구도 의심할 여지가 없을 것이다.

모로코 . 라바토해변
2001

모로코(Moroco)

전쟁으로 오랫동안 보지 못했던 사랑하는 아내와 아들을 만나기 위해 막시무스는 광활한 밀밭을 헤쳐 단숨에 집으로 달려간다.

그러나 그를 맞이한 것은 비참하게 죽어간 아내와 아들의 차디찬 주검뿐이었다.

로마황제의 아들 코모두스에 의해 살해된 러셀 크로우 주연의 글래디에이터의 시작과 마지막 장면이다.

카사블랑카, 아라비아의 로렌스, 오델로 등 할리우드의 많은 영화들이 모로코에서 상당 부분 촬영된다는 사실을 아는 사람은 그리 많지 않을 것이다.

지리적으로 유럽과 인접해 있고 기후가 여타 아프리카와는 달리 쾌적하며 오랜 식민지(프랑스와 스페인) 역사에도 불구하고 전통문화가 강하게 남아 있다는 점 등 영화제작에 유리한 점이 많기 때문일 것이다.

모로코로 가기 위해 스페인 남부 알제리카스(Algericas)항구에서 모로코행 페리호를 탔다.

두어 시간 남짓 가니 모로코 북쪽 탄제르항에 닿는다.

지브롤터 해협을 사이에 두고 이렇게 모로코와 스페인은 인접해 있다.

아프리카 최북단에 위치하고 있는 모로코의 첫인상은 아프리카도 아니고, 그렇다고 유럽도 아니었다. 주민들은 소수의 흑인과 아랍, 베르베르인들로서 99%가 이슬람교, 1%가 유럽에서 온 기독교인이다.

마티스와 들라크루아, 그리고 그들의 작품

일찍이 마티스(Henri Matisse)는 그의 회고록에서 모로코 방문 이유를 '그곳에 있는 빛과 아름다운 풍경들, 그리고 뛰어난 건축물 때문에 나는 그것을 그림으로 그려내지 않을 수 없다' 라고 기술하고 있다.

마티스는 모로코 방문 이후 유럽에서 볼 수 없는 오리엔트 문명의 빛을 발견하게 되며 이는 그의 작품에 중대한 변화를 가져오게 된다.

1912~1913년에 걸친 그의 작품 〈녹색의 창문〉은 창문에 비친 모로코의 풍경을 그린 그림인데 간간히 노랑 빨강 파랑들의 원색들이 섞여 있지만 역시 주조색은 코발트블루로서 지중해의 체취가 한

껏 묻어 나오는 열정적인 작품이다.

프랑스의 네오바로크 화가인 들라크루아(Eugene Delacroix) 역시 처음 모로코를 방문한 뒤 이곳을 그리기 위해 엄청난 물감을 쏟아부어야만 했다는 일화가 있다.

지중해의 원색의 풍경들과, 다양한 서민들의 생활상을 제대로 표현하기 위해선 많은 양의 물감을 사용하지 않으면 그림이 안 됐다는 얘기다.

마티스와 들라크루아가 이토록 모로코를 찬양하듯이 탄제르에서 수도인 라바트(Rabat)로 가는 도로 양옆의 모습은 넓은 평야와 올리브나무 그리고 해바라기밭, 밀밭 등이 어우러져 한 폭의 그림을 연상시키기에 충분했다. 비단 화가가 아니더라도 그 풍경에 매료될 것이다.

이 길을 남쪽으로 계속 달리면 사하라 사막에 다다른다는 사실을 놓고 보니 비로소 여기가 아프리카라는 생각이 든다.

식민지 시대 4번째로 세워진 라바트는 오랜 전통과 현대가 공존하는 도시로서 백색의 담벼락과 청색의 지붕으로 된 엄숙한 핫산 2세 왕릉이 이곳 해안을 끼고 있다.

17세기 초에는 스페인에서 쫓겨난 회교도들의 은신처였다가 프랑스 점령 이후 수도가 되었기 때문에 라바트의 분위기는 이슬람과 유럽이 절묘하게 섞여 있다.

회교사원이 하나 있으면 그 주위에 유럽식 카페가 곳곳에 있는

것으로 봐서 이곳이 오랜 동안 스페인과 프랑스의 식민지였음을 알
수 있다.

모로코 최대의 항구도시, 카사블랑카

모로코의 볼거리 중 하나는 제1의 상업도시 카사블랑카이다.

이 도시의 맞닿은 해안 끝에 보물이 하나 있는데, 세계에서 두 번째로 큰 이슬람 사원으로 핫산 2세가 1933년에 완성한 이 사원의 첨탑의 높이는 무려 200m로서 끝이 안 보일 정도다.

바르셀로나에 위치하고 있는 가우디의 성가족 성당보다도 40m가 더 높다.

이는 이슬람 성지인 메카를 향하는 이들의 염원의 상징이다.

핫산 2세 사원은 곁에서 보기에도 매우 웅장하고 아름답다.

실내는 이탈리아 대리석과 프랑스제 최고급 샹들리에로 장식되어 있다.

핫산 2세는 꿈 속에서 그의 아버지 모하메드 5세의 명을 받아 바다를 매립해 이 사원을 지었다고 한다. 아버지에 대한 지극한 효성에 감탄을 금할 수가 없다.

그런 이유에서인지 사원 앞 광장에는 항상 많은 신자들과 관광객들이 북새통을 이룬다.

관광객들 사이로 빨간색의 특이한 복장을 한 아저씨가 눈에 들어왔다. 어깨에는 가죽으로 된 물통을 메고 서 있었는데, 강렬한 지중해의 태양 아래선 꼭 필요한 물장수로서 기꺼이 사진 촬영의 배경으로 서 준다.

모로코는 카페트와 더불어 가죽제품이 인기가 있는데, 각종 가죽제품을 일컫는 마론퀴네리는 16세기부터 모로코의 주요 교역품 중 하나이다.

사원 앞 광장에서 차도르를 입은 두 아가씨가 앉아 담소를 나누

고 있길래 재빨리 스케치도구를 꺼내 열심히 스케치하는데, 부끄러운지 나와 눈이 마주치자 자리를 슬며시 이동하는 것이었다.

이밖에도 타지에서 온 많은 신자들이 광장 앞 이곳저곳에 앉아 참배시간을 기다리고 있었다.

이밖에 볼 만한 곳으로 아가디르(**Agadir**)가 있다.

깨끗한 바다와 맑은 하늘, 거기에 고운 은빛 모래밭으로 둘러싸인 해안도시 아가디르에는 유난히 유럽 국적의 관광객이 많은데, 이는 모로코 내에서도 손꼽히는 최고의 휴양지이기 때문이다. 관광도시 아가디르는 모로코의 다른 도시와는 확연히 비교되는 구조를 가지고 있다. 1960년 대지진으로 모든 건물을 비롯해 도시 전체를 재구획 건립했기 때문이다. 재건초기에 1,600명밖에 되지 않던 인구가 이제는 주변 위성도시까지 포함하면 약 2만 명에 이른다는 것은 아가디르가 발전하는 도시임을 알려 준다.

이러한 발전의 원동력은 관광산업과 더불어 풍부한 수산자원을 가진 해양업이라고 볼 수있다.

'마티스 블루'는 모로코의 색을 가장 극명하게 표현한 마티스의 천재성을 차치하더라도, 오늘날 많은 영화제작자들과 화가들에게 작품의 무대와 소재로서 감동을 주고 있다.

아프리카의 모로코지만 여타 아프리카와 다르고, 아랍권 문화이지만 기존의 중동과는 다른, 유럽과 회교문화, 전통과 현대가 공존하고 있음에 만일 자연을 소재로 예술작품을 만든다면 모로코는 더 이상 선택의 여지가 없으리라는 느낌을 받았다.

모로코를 뒤로하고 배에 오르기 위해 탄제르 항구에 다다르니 가죽제품들을 산더미처럼 길가에 쌓아 놓고 파는 아저씨가 호객행위를 한다.

비교적 값도 저렴해 기념으로 가죽가방 하나를 50%나 깎아 사고 흐뭇해 있는데, 옆의 동료는 같은 걸 80%나 깎아 샀다고 염장을 지르고 있다.

파르테논신전
아크로폴리스 그리스
1994
Kim myung sile

그리스(Greece)

오래 전 그리스의 선박왕이자 부호인 오나시스와 재클린(존.F.케네디의 미망인)의 결혼이 세상에 화제가 된 적이 있었다.

전체 국토의 약 5분의 1을 차지하는 3,000개의 섬으로 이루어진 그리스, 이러한 자연환경은 그리스가 조선과 해양술을 겸비한 해운왕국으로서 성장하게 될 것임을 일찍이 예고하고 있었다.

세계적으로 위대한 철학자와 문학자들의 산실

찬란한 문화를 이룩하고 지중해 연안을 주름잡던 고대 그리스는 철학의 플라톤과 아리스토텔레스, 문학의 호메로스, 헤시오도스, 수학의 피타고라스 등 일일이 그 이름을 거명하기도 벅찬, 세계적으로 위대한 철학자와 문학자들의 산실이다.

로마, 비잔틴, 오스만투르크 제국들의 침략으로 기울기 시작했지만, 융성했던 헬레니즘 문화를 도처의 유적과 유물들에서 확인하는 일은 지금도 그리 어렵지 않다.

플라톤과 아리스토텔레스는 그들의 철학을 글로 표현하여 문학 비평과 철학적 사고를 위한 온갖 어휘들을 현대에 남겨 주었다. 서사문학에서는 호메로스의 〈일리아드 오디세이〉, 헤시오도스의 〈신통기〉 등이 대표적이라고 볼 수 있다.

또 다른 장르인 희곡에서는 희극, 비극이 고루 발달하였으며 회화도 신화세계의 인간상 묘사가 중심이 되어, B.C.4세기에는 음영법에 의한 입체묘사, 이어 기하학적 원근법, 채색법에 의한 원근도법이 창안되고 마지막에는 점묘풍의 고대 인상주의가 나타나기도 하였다.

로마의 기독교 전래와 함께 기독교가 동서로 갈라지며 희랍 정교회를 발전시켜 온 나라로, 한때 400년이나 이슬람의 지배를 받던 시절이 있었지만 지금은 기독교가 주 종교를 이루며 모스크로 변했던 교회는 다시 십자가를 달고 있다. 지금도 성당 도처의 부식된 벽면에서 이슬람의 흔적들을 흔히 볼 수 있다.

그리스에는 전통적인 관습이 있다. 명명일(생일 대신에 축하함), 결혼식, 장례식 등을 중요하게 여기며 특히 명명일에는 집을 개방하여 선물을 들고 축하하러 온 손님들에게 간단한 음식들을 대접한다. 결혼식은 매우 즐거운 축제로, 춤과 연회가 베풀어지고 의식이 며칠 동안 계속되기도 한다.

그리스 여행의 핵심은 역시 수도인 아테네를 중심으로 파르테논

신전이 있는 아크로폴리스와 그 남쪽의 디오니소스 극장, 북쪽의
아고라(시장터)유적군과 동쪽의 제우스 신전 등 로마시대의 유적
등을 들 수 있다. 또한 펠로폰네소스 반도의 미케네 및 에게 해의
여러 섬을 크루즈 카페리호를 타고 둘러보는 것도 놓칠 수 없는 즐
거움이다.

아크로폴리스

아크로폴리스는 희랍어의 아크로스(acros 높은 장소), 폴리스(polis 도시)의 두 단어가 합쳐져서 만들어진 단어로서 '높은 곳에 위치한 도시'를 뜻한다.

아크로폴리스는 리카비토스와 함께 아테네 시내를 내려다볼 수 있는 높은 지역 가운데 하나이다.

B.C.479년에 페르시아인이 파괴한 옛 신전 자리에 아테네인이 아테네의 수호여신 아테네에게 바친 파르테논 신전은 어마어마한 규모의 대리석으로 깎아 지은 건물이다. 지진에도 견딜 수 있도록 고안된 진공법을 이용한 건물이라는데 지붕은 전쟁 때 폭격을 맞아 파손되어 없어지고 기둥도 일부 훼손되어 있다. 여기저기 널부러진 건물잔해들이 그대로 있다. 일부 남아 형체를 잃지 않고 수천 년을 견뎌 온 기둥들이 과거의 역사를 웅변해 주고 있을 뿐이다.

돌을 공들여 깎지 말고 자연 그대로 두었으면 더 좋았을 것이라는 생각을 해 본다.

언덕 밑으로 디오니소스 원형극장이 거의 원래 상태로 복구되어 있는데 이 노천극장에서는 지금도 세계적인 음악제가 수시로 열리고 있다고 한다.

몇 해 전 그리스가 낳은 세계적 뉴에이지 음악의 기수인 야니의 공연과 미국의 팝가수 엘튼 존의 공연이 이곳에서 열려 주목을 끈 적이 있다.

역시 그리스가 낳은 마리아 칼라스(**Maria Callas**)는 이미 유럽과 미국의 오페라 무대에서 활약한 유명한 프리마 돈나이다.

호화 유람선인 크루즈호를 타고 에게 해의 섬을 둘러보는 것은 그리스 여행의 백미이다.

미코노스 섬

가끔 달력에서 본 그림 같은 하얀 집들과 풍차, 그리고 쪽빛바다가 환상적으로 이루어진 예쁜 섬이다. 카토밀리 언덕 위에 촘촘히 박혀 있는 하얀 집들, 그리고 테라스의 빨간 패랭이들, 그 밑으로 펠리컨이 떼지어 날아들고 풍차가 도는, 그야말로 동화 속의 나라 같다.

색깔이라면 오직 건물의 흰색과 지중해의 파란 하늘과 바다를 상징하는 코발트블루만 있다. 정부가 건물색을 흰색 외엔 그 어떤 색도 사용할 수 없게 한 것이다.

산토리니 섬

유럽에서는 산토리니(**Santorini**)로 통하지만 그리스에서는 티라(**Thira**)라고 한다. 그리스 남쪽에 있는 초승달 모양의 화산섬으로 B.C.1,500년 대규모 화산 분화 때 섬의 중심부가 가라앉으면서 거의 지금과 같은 모습의 섬이 형성되었다. 지금도 화산활동을 하고 있다고 한다.

배로 이 섬을 향해 다가가면 우선 적갈색의 단애가 벽처럼 막아
서는 모습에 놀라게 된다. 차차 배가 다가가면 드러나는, 단애의 꼭
대기에 하얀 눈이 내린 것처럼 온통 하얀색 집들이 빼곡히 자리잡
고 있는 모습이 인상적이다.

크레타 섬

에게 해의 앞바다에 있는 섬들 가운데 남쪽에서 가장 큰 섬이 크
레타 섬이다.

고대 크레타 문명을 꽃피웠던 이곳에는 B.C.2000년에 건축된 크노소스 궁전이 있다.

이 궁전은 3,400년 동안 땅 속에 묻혀 있다가 한 영국 귀족에 의해 발굴되었다.

1,200개의 크고 작은 방들로 이루어진 궁전은 마치 미로처럼 얽혀 있고, 욕조, 수세식 변기시설 등은 4,000년 전에 지었다고 믿기 어려울 정도로 현대식인데, 보존 역시 잘 돼 있었다.

이밖에도 신화와 신비에 싸인 수많은 섬들이 있다.

불의 섬 테라, 비너스상이 발견된 밀로스, 장미의 섬 로도스, 피타고라스의 고향 사모스, 누드비치로 유명한 미코노스 섬, 히포크라테스가 탄생한 코스 섬, 면세 천국 칼림노스 등이 있다.

그리스 신화의 주인공들인 라오콘, 헤르메스, 아폴로, 니오베, 아마존 등…….

미술대학 입시를 준비하기 위해 고등학교 시절 매일 화실에서 보아 오던 석고상을 원형으로 만나고 왔다는 데 자부심이 생겼다.

Egpt
아스완항구3
1994

이집트(Egypt)

이집트 하면 떠오르는 것은, 우선 피라미드와 스핑크스다.

이어 미아라, 파피루스, 상형문자, 나일 강 등이 연상된다.

5,000여 년이 지난 지금까지도 허물어지지 않고 있는 피라미드와 스핑크스는 늘 신비로움의 대상이었다. 그것도 사막 한가운데서 말이다. 이렇듯 현대의 여행객들에게 이집트는 단순히 옛날 유물들을 관람하는 박물관 이상의 의미를 지닌다.

1994년 12월, 신비와 미지의 세계로만 여겨졌던 이집트 정복에 나섰다.

전체 인구 중 94%가 회교도, 6%가 기독교다.

공식 언어는 아랍어이며, 영어와 불어도 통용된다.

기후는 대부분의 지역이 건조기후에 속한다. 나일강 계곡과 지중해 연안의 좁은 해안지방을 제외하면 전국이 사막기후다. 남부지방에서는 수 년 간 비가 오지 않는 지역도 있다.

그래서 그런지 나일강 주변 언저리에만 푸른 나무가 보일 뿐 좀 체로 나무 보기가 힘들고 도시전체가 황갈색으로 건조해 보인다.

피라미드

육체와 영혼의 분리는 곧 죽음이지만, 영혼이 머무는 곳은 시체 가 멸하지 않으며 공물(供物)을 받을 수 있다면 죽은 자도 저승에서 계속 산다는 믿음에서 피라미드는 건조되었다.

시체를 미이라로 만든 이유라든가, 또는 사자의 영원한 집인 분 묘를 정비한 이유가 모두 이러한 신앙에서 비롯된 것이다.

그 영혼이 머무는 곳 피라미드에 도착하니 정말 이집트에 온 것 이 실감이 났다.

차에서 내려 사막 위에 서 있는 피라미드까지 걸어가는데 다소 을씨년스럽고 긴장감마저 감돈다.

세계 7대 불가사의 중 하나인 쿠푸 왕의 피라미드,

B.C.2700년의 건축물이 지금까지 있다니 놀라울 따름이다.

피라미드는 10만 명이 3개월 교대로 20년에 걸쳐 건조했다고 기 술되어 있다.

높이가 146.5m, 기부(基部) 한 변의 길이가 230m나 되는 엄청 난 건축물이다.

이보다 작은 카프레 왕과 멘카우레 왕 것도 그리 멀지 않은 곳에 위치하고 있다.

석회암과 화강암으로 된 피라미드는 쌓아 놓은 돌 하나가 거의 어른 키만한 것도 있다.

보통 무게가 **10**톤 내외라니 상상을 초월한다.

엄청난 크기의 돌 운반은 통나무 롤러와 나무 썰매 등을 이용하여 채석장으로부터 수백 미터 떨어진 나일 강변을 오는 식으로 이루어졌다고 한다. 운반이야 그렇다손 치더라도 도대체 크레인도 없이 저 엄청난 돌을 어떻게 깎고 쌓아올렸는지가 수수께끼다.

표면의 석회암은 역시 오랜 세월 때문인지 상당히 부식돼 있었고 많이 훼손돼 있었다.

북측지면 위쪽에 위치한 입구로 들어가 내려가면 암반 밑에 설치된 방에 도달한다.

피라미드 내부 길의 경사각도는 일정하게 26도로 유지되어 있는데 이는 현대 건축으로도 짓기 어려운 각도라 한다.

쿠푸 왕과 왕비를 만나기 위해 동굴내부로 들어갔다.

건조한 사막기후라서인지 전혀 습기를 느낄 수 없었다.

급격한 경사를 내려와 한참을 지나니 왕의 방이 나왔다.

석관이 놓여 있는 왕의 방의 구조는 직각으로 파이와 황금비율이 쓰였으며 방 한쪽에 있는 석관은 요즘 기술로도 파낼 수 없는 구조라고 한다.

왕비의 방은 올라가는 구조가 아니라 그냥 곧바로 걸어 들어가면 되는데 허리를 반쯤 굽혀 들어가야 한다. 왕과 왕비를 합장하지 않고 방을 구분해 놓았다.

벽화는 왕의 업적 등을 기록한 상형문자와 그림으로 가득찼으며 특히 인물화의 경우 몸체는 정면인데 얼굴은 모두 측면을 하고 있는 전형적인 고대 이집트 회화의 모습을 보여주고 있다.

아무튼 현대기술로도 의문투성이인 피라미드가 이토록 오랜 세월 보존될 수 있었던 것은 알고 보면 건조한 사막기후가 일조했다고 한다.

입구에는 관광객을 상대로 낙타를 한 번 태워 주고 돈을 받는 터번을 쓴 호객꾼들이 있다.

기념으로 한 번 타기로 하고 낙타 등에 앉았는데 이놈이 갑자기 긴 다리로 엉덩이부터 일어나는 바람에 하마터면 앞으로 고꾸라질 뻔했다. 호객꾼이 놀라서 나보고 막 뭐라고 하는데 못 알아듣겠다. 아마 조심하라고 했는데 내가 말을 못 알아들었겠지. 낙타 등에서 아래를 보니 현기증이 날정도로 높다.

스핑크스

머리는 사람의 모습이고 몸은 사자 형태를 하고 있는 스핑크스는 왕자의 권력을 상징한다.

그 중에서도 기자에 있는 제4왕조(B.C.2650년경) 카프레 왕의 피라미드에 딸린 스핑크스가 가장 거대하고 오래된 것으로 알려져 있다.

카프레 왕의 피라미드를 지키는 이 스핑크스는 B.C.3500년을 전후한 통일국가의 건설 이후엔 이집트 석조건축의 기본이 되었다.

거대한 자연암석 한 덩어리를 통째로 이용하여 조각한 것으로 전체의 길이가 약 70m, 높이 약 20m, 얼굴 너비 약 4m나 되는 거상

(巨像)의 크기와 규모에는 압도당하지 않을 수 없다.

　현재 얼굴은 상당히 훼손되어 있는데 그 모습은 카프레 왕 생전의 얼굴이라고 한다.

　스핑크스는 '지평선상의 매'를 나타내는, 태양신의 상징이라고도 한다.

　1799년 나폴레옹과 프랑스군이 룩소르에 도착했을 때 같이 온 화가 비방 드농은 그 모습을 회상하며 다음과 같이 기술하고 있다.

"엄청나게 큰 유적의 모습을 본 프랑스군은 불현듯 걸음을 멈추고 누구부터랄 것 없이 무기를 땅에 내려놓았다." 스핑크스의 위용에 압도당했음을 단적으로 말해 준다.

스핑크스의 출생에는 그리스 신화 에키드나와 오로토로스의 아들, 또는 라이오스의 딸이라는 등 여러 가지 전설이 있다. 그 중에서도 테베의 암산(岩山) 부근에 살면서 지나가는 사람에게 "아침에는 네 다리로, 낮에는 두 다리로, 밤에는 세 다리로 걷는 짐승이 무엇이냐"라는, 이른 바 "스핑크스의 수수께끼"를 내어 그 수수께끼를 풀지 못한 사람을 잡아먹었다는 전설은 유명하다.

그러나 오이디푸스가 "그것은 사람이다. 사람은 어렸을 때 네 다리로 기고, 자라서는 두 발로 걷고, 늙어서는 지팡이를 짚어 세 다리로 걷기 때문에"라고 대답하자, 스핑크스는 물 속에 몸을 던져 죽었다고 한다.

룩소르 신전

람세스 2세의 업적을 기념하기 위한 많은 석상들을 안과 밖에서 상봉하게 된다. 신전의 전체적인 모습은 원래 다른 고대 이집트의 파라오가 지어 놓은 것을 세월이 지나면서 각 시대의 파라오들이 증축을 하여 확장된 데다 이집트 자치를 종식시킨 로마통치 시대에 로마의 유적이 들어서고, 그 후 이슬람 통치시기에 신전 안에 모스크를 지어놓은 것이 혼합된 형태이다. 로마 유적들이 유적을 감싼

모습으로 남아 있으며 오벨리스크 옆엔 이슬람 사원이 위치하고 있다. 신전 안에는 많은 조각된 석주들이 도열해 있는데 그 모습이 장관이다.

상상을 초월하는 카르낙 신전의 석주들의 크기는 벌려진 입을 다물 수 없게 한다.

카르낙 신전이 성인이라면 룩소르는 어린아이에 지나지 않는다. 그 거대함과 웅장함에는 저절로 고개가 숙여진다.

오늘날 서양 종이의 원조인 파피루스를 최초로 만든 이집트 문명의 힘에 새삼 놀라지 않을 수 없다.

마드리드(Madrid)

마드리드는 스페인의 다른 도시들과는 달리 매우 정열적이다.

고야의 원색의 화려함은 이미 그 열정이 몸에 배어 있었던 것 아닌가 생각된다.

우리와는 다른 다양한 문화와 풍경을 만날 수 있는 이 도시의 출발점은 언제나 구 시가의 중심지인 푸에르타 델 솔(**Puerta del Sol** 태양의 문)부터이다.

대부분의 볼거리들이 이 지역을 중심으로 밀집되어 있다.

인구 293만(**2001년 현재**)이 살고 있는 스페인의 수도로서, 입법, 사법, 행정기관들과 비지니스 센터, 스페인 왕가의 저택 등이 자리하고 있다.

유럽 대부분의 도시들은 일요일이 되면 한산한 편이지만 마드리드는 오히려 더 북적거린다. 오후가 되면 대표적인 볼거리인 투우 경기와 축구 경기가 열리기 때문이다.

게다가 산 이시드로 사원 남쪽거리 일대가 세계적인 벼룩시장 라스트로(Rastro)로 바뀌면서 마드리드 시민뿐만 아니라 전국 각지에서 몰려온 사람들과 물건들로 시끌벅적하다.

삶과 죽음이 교차하는 예술 '투우'

투우의 공식적인 행사는 3월 발렌시아 지방의 '불축제'로 시작돼서 10월에 사라고사의 '피랄축제'로 막을 내리는데 각 도시의 축제에 맞춰 연속적으로 개최된다.

솔 광장에는 투우 매표소가 있으며 일요일과 축제일마다 행해지는 이 제전은 언제나 시민들로 인산인해를 이룬다.

약 2시간에 걸쳐 진행되는 투우는 삶과 죽음이 교차하는 예술로, 중세부터 내려오는 유산이며 연간 1,000회 이상 계속된다.

한순간의 방심은 곧 죽음으로 이어지기 때문에 투우가 항복하기까지는 잠시도 긴장감을 늦출 수 없다. 투우사의 길을 걷는 것을 가문의 영광으로 생각하는 이들의 가치관과 민족성을 엿보게 한다. 그들은 결코 위험이나 죽음을 두려워하지 않는다.

투우와 더불어 스페인 사람들이 가장 좋아하는 스포츠는 축구다.

우리보다 앞서 1982년 월드컵을 개최했을 만큼 축구가 국민적 사랑을 받고 있다.

2002 한일 월드컵에선 우리 팀에 패했지만 훌륭한 기량과 조직

madrid
Spain
2001
Kim Jung Sik

력을 자랑하는 선수들이 많은 것으로 정평이 나 있다.

시즌은 9~6월로 대부분 주말에 시합이 몰려 있다. 마드리드에는 레알 마드리드와 아틀레티코 마드리드, 라요 바예카노의 세 팀이 있고 이중 한 팀의 시합이 반드시 마드리드에서 치러지기 때문에 언제든 유럽 축구의 진수를 만끽할 수 있다.

스페인리그를 대표하는 레알 마드리드팀과 바르셀로나팀은 항상 서로 경쟁상대다.

우스갯소리지만 레알 마드리드팀과 프랑스팀이 경기를 할 경우 바르셀로나는 프랑스팀을 응원한단다. 우리 같으면 아무리 서로 앙숙이라도 국가간 게임은 자국을 응원하는 게 보통 상식인데, 그런 원수(?)지간의 치열한 경쟁심을 부추겨 오늘날 스페인이 축구강국으로 우뚝 선 것이 아닐까 생각된다.

세계 최고 수준의 프라도 미술관

마드리드의 자랑거리는 프라도 미술관이다.

18세기에 후아 데 비라누에바가 설계한, 이 미술관은 역사적으로 유서가 깊은 소장품들을 가지고 있는, 세계에서도 손꼽히는 미술관 중의 하나이다.

'프라도' 라는 말은 '목장' 이라는 뜻으로, 이 미술관에서는 스페인이 배출한 위대한 작가 고야와 벨라스케스의 작품을 비롯, 12세기부터 19세기 유럽을 풍미했던 안젤리코, 보티첼리 등 이탈리아

화가의 작품을 직접 만날 수 있다.

특히 르네상스시대의 스페인 화가 엘 그레코의 유명한 작품 〈가슴에 손을 얹은 귀족〉과 벨라스케스의 〈라 메니나스〉를 볼 수 있으며 또한 항상 화집에 등장하는 〈나체의 마야〉와 〈옷 입은 마야〉 등이 자랑할 만한 컬렉션이다.

피카소를 비롯해 아직 생존한 안토니 타피에스 같은 거장의 작품들을 볼 수 있다는 건 감동이다.

지중해의 강렬한 태양의 혜택을 많이 받아서인지, 스페인 화가들의 작품은 대체로 아름답고 눈부신 원색이 많다.

이곳의 가장 큰 특징은 역시 자국출신의 세계적 대가인 고야의 작품이 가장 많이 전시되어 있는 점이다.

솔에서 마요르 거리를 따라 4~5분 정도 걷다 보면 왼쪽에 국왕의 취임식과 종교의식, 투우와 교수형, 그리고 각종 이벤트 행사가 열렸던 마요르 광장이 17세기의 오래된 건물들로 둘러싸여 있다. 메인 스트리트에는 호텔, 극장, 고급 레스토랑 등이 즐비하다, 특히 영화관이 많아 마드리드의 할리우드라고 할 수 있는 그란 비아 거리(Avenidas de Gran Via)가 있는데 이곳에서 영화를 보고 차 한 잔을 마시는 것도 괜찮을 듯하다.

백야현상으로 밤 10시가 넘었는데도 밖은 어둡지가 않다. 게다가 시에스타(Siesta)라고 해서 오후 1시~4시까지는 대부분의 사람들이 낮잠을 자기 때문에 졸립지가 않은지 밤늦게까지 잠도 안 자

고 노천카페에서 노닥거린다.

톨레도

마드리드 남쪽 약 70km 지점에 위치한 곳으로 1561년 마드리드
로 수도가 옮겨질 때까지 스페인의 중심지이자 수도였다. 타호 강
에 둘러싸여 있는 중세의 모습을 그대로 간직한 마을로 좁은 도로

와 이슬람 문화의 흔적들에서 당시의 생활을 엿볼 수 있다.

스페인 카톨릭의 총본산인 톨레도 대사원(Catedral)은 프랑스 고딕 양식을 기본으로 하여 화려하면서도 장엄함을 자랑한다.

페르난도 3세 때인 1227년 착공하여 266년 만인 1493년에 완공된 대사원은 길이는 113m, 폭 57m, 중앙의 높이가 45m로 완공 후에도 수차례 증·개축을 했지만 기본 골격은 변함이 없다. 들어가는 문이 3개 있는데 중앙이 면죄의 문(Puerta del Perdon), 왼쪽이 시계의 문(Puerta del Reloj), 오른쪽이 사자의 문(Puerta de los Leones)으로 명명된다. 내부는 22곳의 예배당을 비롯해 신약성경과 성도를 주제로 한 스테인드 글라스, 성가대석인 코로(Coro), 성기실(Sacristia), 보물실(Sala de Tesoro) 등으로 되어 있다.

엘 그레코의 집

종교화의 대가인 엘 그레코는 1541년 그리스 크레타 섬에서 태어났다. 그는 1577년 경 톨레도로 이주해 왔는데 이후 1614년 사망할 때까지 톨레도를 벗어난 적이 없다. 그레코는 18세기까지 사람들로부터 잊혀졌지만 19세기에 들어오면서 그에 대한 재평가가 이루어지고 마침내 스페인 최고화가 반열에 들게 된다.

항상 관광객들로 붐비는 엘 그레코의 집. 이곳은 그레코가 실제로 살던 곳은 아니다.

1906년 스페인 국립 관광국장이던 베가잉클란 후작이 그레코가

살던 곳 부근의 폐가를 사들여 말끔히 단장해 1911년에 개관한 것
이다.

십자가의 그리스도, 12사도 시리즈, 톨레도의 경관과 지도 등이
전시되어 있다.

길이 좁고 볼거리가 대부분 걸어서 10~20분 거리 안에 있으므
로 산책하는 기분으로 관광하면 된다.

알타미라 동굴 벽화에서 이미 이 나라의 민족성과 예술성이 확인
되었다면 지나친 비약일까?

그 숨결은 오늘날 80세의 고령에도 불구하고 왕성한 작품활동을 하고 있는 안토니 타피에스(**Antoni Tapies**)를 통해 3년 전 뉴욕 52번가 페이스 와일딘 미술관에서 확인할 수 있었다.

역사와 전통, 예술에서 스포츠까지 어떤 코드로 다가가도 항상 놀라울 정도로 풍요로운 문화를 지닌 스페인은 정열적이고 따뜻한 민족성을 다시금 느끼게 한다.

보스톤 레닌그라드역
'96
kim myung sile

모스크바(Moscow)

푸시킨, 칸딘스키, 차이코프스키, 톨스토이…….

그 이름만으로도 가슴이 설레이는, 러시아를 대표하는 세계적인
예술가들이다.

500년의 역사를 가진 모스크바는 나이테처럼 환상 순환형으로
도시가 발전하였다.

시가지의 핵인 크렘린을 중심으로 크고 작은 환상도로와 방사형
도로망이 뻗어 있는데 이는 실질적인 시 경계가 되고 있다. 모스크
바 강이 시내를 관통하는 젖줄 역할을 하고 있다.

크렘린 주위에는 붉은광장, 레닌묘, 국립박물관, 국립극장 등 주
요 건축물들이 산재하여 러시아와 옛 소련의 힘과 권위의 상징을
한눈에 볼 수 있다.

주변엔 벽돌성벽이 쌓여 있고 성벽 안에 크렘린 궁전을 비롯한

우스펜스키 성당, 블라고베시첸스키 대성당 등 역사적 건축물에서 현대건축물에 이르기까지 각종 건축물이 있다.

상트페테르부르크가 계획도시라면 모스크바는 다소 무질서한 도로와 허술한 촌락도시로 출발했다. 그러나, 1935년부터 재개발사업이 실시되어 노후주택의 정리, 도로의 확장과 더불어 도시의 중추기능인 입법, 사법, 행정, 연구기관 등이 들어서면서 모스크바의 경관은 크게 달라졌다.

비록 경제적으론 서구에 못 미치지만 개방과 함께, 문화예술 인프라는 시내 곳곳에 있는 크고 작은 전시장 및 공연장에서 느낄 수 있다.

2002년 체첸독립을 요구하는 테러리스트들이 700여 명의 관람객을 인질로 삼아 그 중 120명의 무고한 생명을 현장에서 죽게 한, 참으로 어처구니없는 사태가 벌어져 결국 과잉진압의 논란이 일어난 곳 역시 모스크바에서 가장 인기 있는 뮤지컬 '노르드-오스트'의 공연장이었다.

뮤지컬 '노르드-오스트'는 그동안 35만여 명이 관람했으며, 돔꿀뜨르이 극장은 1,163명까지 수용할 수 있는 중소규모의 극장이다. 이 사태로 러시아 예술활동이 위축되지 않을까 걱정이 되는 것은, 이태리에서 수입한 오페라가 이젠 오히려 유럽으로 역수출되면서 해외에 모스크바의 문화 알리기와 외화벌이에 효자 노릇을 톡톡

히 하고 있었기 때문이다.

볼쇼이 발레단

1988년 9월 서울 세종문화회관에서 백조의 호수를 공연한 이후
여러 차례 내한으로 우리에게도 익숙한 볼쇼이 발레단은 러시아어
로 '큰 발레단' 이라는 뜻을 갖고 있다.

1780년 페트로프스키 극장 발레단으로 발족하여, 1825년 새로 지은 모스크바의 볼쇼이 극장이 이 발레단을 인수하면서 지금의 명칭으로 바뀌었다. 19세기 무렵 유럽에서 두각을 나타내기 시작하였으며, 유럽에서 로맨틱 발레가 쇠퇴한 후 마리위스 프티파, 생 레옹 같은 뛰어난 안무가들이 작품을 올렸다.

차이코프스키의 〈백조의 호수〉〈잠자는 숲속의 미녀〉 등의 작품을 공연하면서 세계 발레의 주도권을 장악하였다. 잠시 쇠퇴기도 있었으나 1900년 알렉산드르 고르스키가 단장을 맡으면서 다시 명성을 찾았다. 이때 무대배경과 의상에 사실주의를 도입하였으며 이는 이후 볼쇼이 발레단 공연의 특징이 되었다.

상트페테르부르크 발레가 유럽적인 세련미를 특징으로 하는 데 비하여 볼쇼이 발레단은 로미오와 줄리엣, 스파르타쿠스 등에서 엿볼 수 있는 민족적인 색채와 드라마틱한 성격이 특색이다.

주로 볼쇼이 극장에서 활동하며 세계 여러 나라 순회공연도 자주 하고 있다.

볼쇼이 발레단과 더불어 빼놓을 수 없는 것 중 하나가 모스크바 예술극장이다.

1917년 러시아 혁명 이후 레닌의 전폭적인 지지를 받아서 이미 1920년대에 유럽과 미국을 순회공연했고, 1941년까지 러시아 고전극과 소비에트 창작극을 공연했다.

이 극장은 1932년 고리키의 문학생활 40년을 기념하여 '고리키 기념극장'이라고 명명되면서 더욱 유명해졌다. 이후 잠시 정체상태에 빠지기도 했으나, 60년대 초반에 런던 순회공연을 성공적으로 마침으로써 다시 예전의 명성을 되찾았다.

새로운 극장은 누구든지 입장할 수 있고 누구나 알 수 있는 민중의 극장이 되어야 하며, 또 무대약속을 근본적으로 재검토하여 연극의 이상에 반대되는 것을 철저하게 배제한다는 의도 아래 극장을 연 것이다.

스타니슬라프스키는 배우들의 사실적인 연기를 위한 프로그램 개발에 치중했으며 무대에 올린 첫 작품은 톨스토이의 〈표도르 요안노비치 황제〉였다.

1866년 설립 당시 초대 원장은 루빈스타인으로, 차이코프스키도 한때 이곳에서 화성학을 가르친 적이 있는 모스크바 음악원은 그간 저명한 음악가들을 많이 배출하였다.

작곡가, 하차투리안, 카발레프스키, 피아노의 오보린, 첼로의 로스트로포비치 등도 모두 이곳 출신이다. 페테르부르크의 음악원과 더불어 러시아에서 가장 전통 있는 음악원으로 손꼽힌다.

푸시킨 미술관

트레티야코프 미술관을 러시아 미술의 보고라고 한다면 푸시킨 미술관은 외국 여러 나라 고미술품을 많이 소장하고 있어 세계 미

술사를 집대성해 보여주고 있다고 볼 수 있다.

모스크바 시내 중심부에 있는 신고전주의 양식의 이 장엄한 건물
은 본래 모스크바 대학의 미술 수집품들을 소장할 목적으로 1898
~1912년에 건축가 크레인에 의하여 건립되었다. 모스크바 대학교
부속 미술연구소가 전신이며 1937년에 현재의 이름으로 바뀌었다.

소련 정권 하에서 미술관 자체의 기획에 의한 몇 차례의 고고학

적 발굴 성과도 보태어져, 내용이 비약적으로 충실해졌으며, 현재 수집품과 규모는 상트페테르부르크의 에르미타쥬 미술관 다음이다. 그리스, 이집트 미술을 비롯하여 비잔틴의 이콘상, 근대 유럽 여러 나라의 미술과 특히 푸생, 샤르댕으로부터 바르비종파, 인상파, 후기 인상파를 거쳐 피카소에 이르기까지 유럽미술 등 각 분야에 걸쳐 풍부하고도 이색적인 수집품이 자랑이다.

관람을 마치고 호텔에 돌아오니 무척 시장기가 돈다.

호텔 내 식당 테이블에 앉으니 식탁 위에 삶은 계란이 바구니에 담겨져 있길래 무심코 몇 개 까먹었다. 그런데 나중에 안 사실이지만 한 사람이 한 개씩 먹게 돼 있었다. 그런 걸 다른 사람 몫까지 죄다 먹어 버린 것이다. 계획경제가 철저히 지켜지는 현장을 제대로 실습한 것이다.

아마 스탈린이 살아 있었다면 벌써 시베리아로 유배를 갔던지 극형에 처해지지 않았을까 싶어 쓴웃음이 나온다.

다음 날 사진으로만 보던 붉은광장을 직접 대하고 웬지 섬뜩한 느낌을 받았다.

중·고등학교 시절 주입된 공산주의에 대한 선입관 때문이다.

붉은광장은 러시아의 심장으로 모스크바의 중앙에 위치하고 있으며, 크렘린 성벽의 북동쪽에 접한 넓은 광장이다.

보스톤 레드 그라드역
'96
Kim myung sik

붉은갈색의 포석이 깔려 있으며, 가장 넓은 부분의 너비는 100m, 길이는 500m 가량 된다.

남동쪽의 화려한 바실리블라제누이 성당(16세기), 크렘린 쪽의 레닌 묘, 북서쪽의 역사박물관 등 아름다운 역사적 건물과 유명한 굼 백화점 등으로 둘러싸여 있다. 15세기 말부터 크렘린 정면의 광장이 되었으며, 차르의 선언이나 판결, 포고가 내려지던 곳이다.

역사적으로는 상업광장, 화재광장 등으로 불렸다가 17세기 말부터 ‘아름다운 광장’ 이라는 이름으로 바뀌었다. 현재 메이데이 등의 시위행사나 사열식 등이 이곳에서 행해진다.

이 광장 지하에는 볼셰비키 혁명의 상징인 ‘레닌의 묘’ 가 있다.

레닌은 1917년 무장봉기로 과도정부를 전복하고 이른 바 프롤레타리아 독재를 표방하는 혁명정권을 수립한 러시아의 혁명가이다.

지하 유리냉동고에서 곤히 잠들어 있는 아주 자그만 체구의 레닌을 보니 그가 한때 천하를 호령했던 사실이 도무지 믿기지 않는다.

러시아, 상트페테르부르크
성이삭성당
96
Lim myung Sik

상트페테르부르크(Sankt Peterburg)

모스크바에 이어 러시아 제2의 도시이다.

제정 러시아 때는 페테르스부르크라는 이름으로 불렸고, 1924년 레닌 사망 이후 그를 기념하여 레닌그라드라 불렸다. 그 후 1980년 대 개방화가 되면서 91년 옛이름인 상트페테르부르크라 불리워진 다.

1703년 표트르 1세가 스웨덴에서 탈환한 뒤 이곳에 러시아 절대 왕정의 새로운 수도, 즉 '유럽으로 열린 창'을 건설하기로 하고, 페 트로파블로프스크 요새를 세운 것이 이 시의 출발이다.

'유럽으로 열린 창'이라는 말 그대로 서구문화를 받아들이는 창 구 역할을 톡톡히 하고 있다. 러시아 최대의 무역항이자 조선, 금 속, 무기, 섬유 등 공업의 중심지로 자본주의의 유입과 더불어 18세 기 말에 22만이었던 인구가 2000년에는 470만으로 비약적인 증가 를 보이고 있다.

모스크바가 '러시아의 심장'이라면 상트페테르부르크는 '러시아의 머리'라고 불릴 만큼 러시아 서구주의운동의 선두에 있었다.

200여 년에 걸친 계획도시로 국내 제일의 학술연구, 문화도시가 되어 왔으므로 교육, 문화시설이 많고, 또 그 건설과정에는 프랑스, 이탈리아 등지에서 초빙된 건축, 조각의 거장들이 참여한 바 있다.

1819년에 창립한 국립 상트페테르부르크 대학을 비롯하여 파블로프 생리학연구소 및 항해, 해양, 경제 등 연구, 교육기관이 몰려 있다. 현재 모스크바에 다음가는 공업, 문화, 학술 도시로서 서구적 색채가 짙으며 세계유산목록에도 등록되어 있다.

상트페테르부르크역 광장은 많은 인파들로 항상 붐빈다.

필자는 모스크바와 상트페테르부르크 여행을 마치고 파리로 가는 야간 열차를 타기 위해 이곳에 도착했다. 역 개찰구에 나와서 기차에 오르기 전 담배 한 대 태우려고 가방을 바닥에 내려놓고 불을 붙이고 나서 가방을 찾는데…… 그 자리에 있어야 할 가방이 없어졌다.

그야말로 눈깜짝할 새다. 낯선 손님이 슬쩍해 간 것이다.

다행히 귀중품은 어깨에 맨 손가방에 들어 있어 천만다행이었다.

입고 있는 옷을 빼곤 갈아입을 옷을 몽땅 잃어버리고 나니 앞으로 **10**일 이상 남은 여행이 만만치 않으리라는 예감이 든다.

문화시설로는 키로프 기념극장, 푸시킨 기념극장, 고리키 문화궁
전, 러시아 민족박물관(구 미하일로프 궁전), 자연사 박물관과 파리
루브르 미술관에 필적하는 세계 유수의 컬렉션을 자랑하는 에르미
타쥬 미술관 등이 그리 멀지 않은 곳에 있다.

그 밖에 페트로파블로프스크 성당, 성이사크 성당 및 10월혁명
때 혁명본부가 설치된 스몰리니 궁전, 제정 말기의 국회의사당인

타우리데 궁전 등이 있다.

푸시킨의 시(詩) '청동의 기사'로 알려진 데카브리스트 광장에는 표트르 1세 기마상이 있고, 10월혁명 때 동궁 진격 신호의 포성을 울린 순양함 오로라 호는 네바 강 연안에 늘 정박되어 10월혁명의 기념관으로 쓰이고 있다.

시내 서쪽에 있는 표트르 궁전은 1709년에 표트르 1세에 의하여 건설된 별궁으로, 광대한 부지에 대궁전을 중심으로 20개의 궁전과 크고 작은 대리석 석상, 분수 등이 함께 어우러져 있다.

에르미타쥬 미술관

아름다운 네바 강을 바로 옆에 끼고 지은 상트페테르부르크에 있는 러시아 최대의 국립미술관. 몇 해 전 우리 나라 김홍수 화백이 이곳서 전시를 한 적이 있어 우리에게도 낯설지 않다.

로마노프 왕조 때 러시아의 문화 수준을 향상시키기 위해 궁정에서 수집한 미술 작품을 중심으로 설립하였다. 지금의 에르미타쥬는 엘리자베타 여제(女帝)이래 역대의 궁전이었던 동궁(冬宮)과, 증축한 소(小)에르미타쥬 극장, 구 에르미타쥬, 신 에르미타쥬의 4개 건물로 이루어져 있다. 당대 제1의 수집가였던 예카테리나 2세 때에 이미 3,926점의 회화가 수집되었으며, 1917년의 러시아혁명 후에는 문화유산의 보호와 국가에의 양도에 관한 법령에 의해 소장품이 차츰 증가하였다.

현재의 소장품은 약 230만 점으로 6개 부문(원시, 고대 그리스 로마, 동방문화, 러시아문화, 서유럽미술, 고화폐)으로 나뉘어 공개되고 있다.

353실의 방대한 전시실 중 동궁을 포함하여 125실을 차지하는 서유럽미술의 소장품은 르네상스에서 근세에 이르는 명화 및 프랑스 인상파와 에콜 드 파리의 작품을 포함, 러시아뿐만 아니라 세계 1급 미술관으로서 손색이 없다.

모네, 피사로, 밀레, 르누아르를 비롯하여 세잔, 고흐, 고갱, 드가, 쿠르베, 피카소, 마티스 등의 걸작을 소장하고 있다. 미술관 관람만으로도 여행 본전은 뽑은 거나 다름없다.

상트페테르부르크 발레단

우수한 스탭진과 뛰어난 공연으로 볼쇼이 발레단과 함께 세계 정상의 발레단으로 인정받고 있다.

러시아에서 발레가 공연되기 시작한 것은 상트페테르부르크에 최초의 무용학교가 문을 연 1738년이었지만, 오늘날과 같은 형태를 갖추어 공연된 것은 마린스키 극장이 개장된 1860년 이후다. 유럽에 의하여 육성된 러시아 발레는 20세기 들어 화려한 연출로 오히려 유럽으로 역수출되고 있다. 20세기 초는 러시아 발레의 황금기를 구가하는데, 그 중심이 상트페테르부르크였다.

상트페테르부르크 발레단은 혁명 후 한동안 러시아 발레의 지도

적인 존재였으며, 1930년대에는 새로운 소련 발레의 창작 개발에
주력하여 울라노바를 비롯한 많은 인재들을 모스크바로 보냄으로
써 볼쇼이 극장의 발전에 큰 공헌을 하였다. 두딘스카야, 페제바,
솔로비요프 등의 호화캐스팅으로 세계 순회공연을 갖기도 한다.

한국에서는 1992년과 1995년 두 차례에 걸쳐 내한하여 고전발
레에 뮤지컬을 가미한 '피노키오'를 공연한 바 있다.

상트페테르부르크 필하모니 관현악단

1992년 세종문화회관에서도 연주회를 가진 바 있는 러시아 최초
의 전문 관현악단이다.

1772년 상트페테르부르크에서 왕립음악협회가 창립되면서 부설
기관으로 발족, 1802년 필하모니협회로 개편되어 파리스가 지휘를
맡았으며, 1882년에는 황실관현악단으로 재편성되어 발라키레프,
글라주노프 등이 지휘하였다.

1912년 일반인을 대상으로 연주회를 시작하여 니키슈, 슈트라우
스 등이 객원지휘를 맡은 바 있다.

1917년에 혁명과 더불어 레닌그라드 국립 필하모니아카데미 심
포니오케스트라(약칭 레닌그라드 필하모니 오케스트라)로 발족하였
으며, 초대 지휘자 쿠세비츠키에 이어 1938년에서 1988년에는 므
라빈스키, 얀손스 등이 지휘를 맡았었다.

1991년 소련의 몰락과 더불어 레닌그라드가 옛이름인 상트페테

르부르크로 바뀌면서 상트페테르부르크 필하모니 관현악단으로 개
칭되었다. 특히 차이코프스키와 쇼스타코비치의 음악을 비롯한 러
시아음악 연주가 뛰어나다.

　상트페테르부르크에서 파리로 가는 시베리아 횡단 야간열차에
몸을 실으니 강제 이주 정책으로 삶의 터전인 극동지방을 뒤로하고
이 기차를 타야 했던 한민족의 애환이 새삼 떠올라 쉽게 잠을 이루
지 못한다.

포르투갈(Portugal)

월드컵이 열리기 꼭 1년 전 포르투갈의 수도 리스본을 여행했다.

거리엔 한국산 자동차들이 적잖이 굴러다녔고 2002 월드컵을 알리는 대형 브로마이드와 게시판들이 곳곳에 설치돼 있었다.

60년대 에우제비오, 2000년대 피구로 이어지는 포르투갈 축구는 스페인, 프랑스, 이탈리아와 더불어 유럽 열강으로 통한다. 프로 리그만 해도 4개 리그에 300여 팀이 있다.

리스본의 한 호텔에 여장을 풀고 아침에 일어나 TV를 켜니 우연찮게 남대문과 광화문 등 활기찬 서울 거리의 모습과 각 지방의 경기장 모습을 현지특파원을 통해 상세히 소개해 주고 있었다. TV 역시 낯익은 한국산이라 더 반가웠다.

이들이 월드컵에 거는 기대를 한눈에 알 수 있었다. 이들은 최소 8강, 우승까지도 예상했던 팀이다. 그런 이들이 지난 6월 예상치 못하게 11명의 한국 전사들에게 무참히 짓밟혀 버렸으니 그 충격이

오죽하겠나 싶다.

세계사를 바꾼 2대 사건 중 하나

포르투갈의 항해사인 바스코 다 가마(Vasco da Gama, 1460~1524)는 인도 항로를 개척한 항해가로 중학교 지리시간에 배우는 인물이다. 유럽인으로서 처음으로 아시아 항로를 개척한 공을 인정받아 마이클 하트가 선정한 '역사 전개에 영향을 끼친 100인의 인물' 가운데 84위를 차지했고, 아담 스미스는 〈국부론〉에서 가마의 인디즈 항해를 '세계 역사상 2대 사건 중 하나'로 평가하였다.

이렇듯 포르투갈은 일찍부터 세계 최대의 해외 영토를 보유하였던 해양국가로, 전성기에는 총면적 209만km²의 해외 영토를 가지고 있었으나 1974~1975년에 아프리카의 기니비사우, 모잠비크, 카보베르데, 상투메프린시페, 앙골라가 잇달아 독립하고, 1976년에는 동티모르가 인도네시아에 병합된 뒤, 마지막 남은 마카오가 1999년 12월 20일 중국에 반환됨을 끝으로 모든 해외 영토에 종지부를 찍게 됐다.

식민지 무역에서 획득한 부를 국내의 근대산업 형성에 사용하지 못한 결과 오늘에 이르기까지 경제적으로는 농업과 광업이 주산업으로 남아 있으며 유럽의 다른 나라에 비해 소득수준은 다소 낮은 편에 속한다. 현지에선 우스갯소리로 스페인이 일본이라면 포르투갈은 한국이라는 식으로 곧잘 비유된다.

스페인과 국경을 접하고 있으며 서쪽과 남쪽으로는 대서양과 닿아 있다.

스페인에서 버스로 국경을 넘을 때 차창 밖으로 올리브 나무숲과 해바라기 농장 등이 끝없이 펼쳐져 장관을 이룬다. 인구의 94%가 가톨릭이며 언어는 포르투갈어를 사용한다.

리스본(Lisboa)은 인구 55만(2001년)으로 많은 국립 해양관련 박물관과 미술관이 있어 문화생활을 즐길 수 있으며, 포도주로 유명한 포르뚜(O Porto)는 산업, 경제 중심도시로 리스본과 경쟁을 이루고 있다. 주요 수출품에는 포도주(세계 6번째 포도주 생산국), 코르크(세계 최대 생산국), 통조림 등을 들 수 있다.

불행하게도 1755년 대지진으로 도시의 2/3가 파괴되어 많은 유적들이 손실되었으나 다시 도시개발에 힘써 신도시로 변화하고 있다.

문화는 이슬람, 인도, 고딕풍이 섞여 조화를 이룬 마누엘 양식이 확립되는 등 독자적 르네상스 문화가 개화하였다. '오스 루시아다스'로 유명한 국민시인 카몽에스가 출현한 것도 이 시기였다. 1572년에 출판된 이 불후의 명작은 포르투갈 문학 최고의 걸작으로, 그리스의 '호메로스'에 비견되는 웅장한 국민적 서사시이며, 그 주제역시 바스코 다 가마의 항로발견 등 포르투갈 역사를 다룬 것이다.

이미 고대 그리스, 카르타고 시대부터 예견된 항구도시로서 부두 및 항만시설은 테조 강 우안을 따라 자그마치 **30km**에 걸쳐 있다. 어항은 벨렘 서쪽에, 대서양 각지를 잇는 여객항은 시 중심부에 위치하고 있다. 파도와 같이 밀려오는 바다소리와 뱃고동 소리는 아주 낭만적이다. 유럽공동체(**EC**)는 이곳을 **1994**년도 유럽문화도시로 이곳을 지정하기도 했다.

1998년은 바스코 다 가마가 인도 항로를 발견한 지 500주년이 된 해이다.

이를 기념으로 '대양' 이란 주제로 수도인 리스본에서 세계박람회를 개최하여 해양국의 면모를 세계속에 확인시켜 준 바 있다.

해양박물관

해양국가인 포르투갈의 역사를 볼 수 있는 곳으로 제로니모스 수도원 옆에 위치해 있는 해양박물관에는 배의 모형과 항해기구 그리고 식민지발견 지도 등 각종 해양관련 전시품들이 각 시대별로 분류되어 있다.

굴벤키안 미술관

영국인 석유업자이며 수집가였던 굴벤키안의 소장품을 모아 1970년 재단을 설립, 미술관을 신설하고 개관하였다.

5,000년의 역사를 한눈에 돌아볼 수 있는 이 미술관은 유럽에서 가장 크고 훌륭한 개인 미술관 중의 하나로 손꼽힌다.

수집품의 종류는 그리스, 이집트의 작품으로부터 19세기 프랑스파에 이르기까지 매우 다양하다.

18세기 가구류, 동양의 도자기, 아르메니아의 카페트도 주목을 끈다. 대표적 소장품으로는 이탈리아 화가 기를란다요의 〈소녀의 초상〉, 마네의 〈피리부는 소년〉 등이 있다.

신트라

리스본 북서쪽 약 **29km** 지점에 있는 작은 도시로, 일찍이 영국의 시인 바이런이 '에덴의 동산' 이라고 불렀을 정도로 아름다운 곳이다. 마을 전체가 녹음으로 우거져 식물원 같은 착각을 불러일으킨다. 신트라 역에서 녹색 길을 **15~20분** 정도 걸으면 왕궁이 나타나는데, **14세기** 때부터 **1910년** 역대 왕가의 여름 별장으로 이용되던 곳이다. 내부의 각종 호화로운 장식과 특히 왕궁 안에서 가장 넓은 방인 '백조의 방' 천장에 그려진 **27마리**의 백조 그림이 관광객들의 눈길을 끈다. 또한 멀리 해안절벽에 빼곡히 들어선 그림 같은 집들이 인상적이다.

리스본의 전차 투어

우리에겐 잊혀진 전차가 리스본 시민들에게는 중요한 교통수단인데, 여유롭게 움직이기 때문에 관광객들에게도 시내 관광을 하는데 아주 좋은 수단이다. 이러한 전차의 특성을 살린 전차 투어가 리스본에서 인기 있다. **2개** 코스가 있는데, 시내 투어와 테조 강 투어가 있어 리스본 시민들의 생활상을 아주 가까이서 엿볼 수 있다.

샌프란시스코의 금문교와 닮은, **4월 25일**의 다리(**April 25th Bridge**)로 일컬어지는 **2.3km**의 긴 다리가 테조 강 위에 걸쳐 있다. **1966년**에 완공되었으며, 유람선과 더불어 다리 밑에 줄지어 선 고풍스런 카페에서 늦은 저녁 연인과 함께하는 포르뚜 와인 한 잔은

사랑의 촉진제가 되기에 충분하다.

이밖에 포르투갈의 샹젤리제라고 불리는 리베르다데 거리, 1755
년 대지진의 처참함을 보여 주는 잔해가 남아 있는 카르모 교회, 16
세기 이후 유럽 왕실과 귀족들이 사용했던 호화로운 마차 60여 대가 전시되어 있는 세계 최대 규모의 마차 박물관이 제로니모스 수도원 동쪽에 위치하고 있다.

바스코 다 가마의 탐험정신은 오늘날 해양국가인 리스본을 재조명하는 계기가 되고 있다.

그라나다(Granada)

처음 기타를 배우는 사람들이라면 누구나 '알함브라 궁전의 추억'을 한 번쯤 쳐 봤을 것이다.

아니, 기타리스트가 아니더라도 이 곡을 모르는 사람은 아마 거의 없을 것이다.

이미 기타곡의 대명사처럼 불리어진 이 곡은 세계적인 기타리스트 프란시스코 타레가(**1852-1909**)에 의해 완성됐는데 이후 전 세계 수많은 사람들의 애창곡이 되었으며 나아가 기타음악의 대중화에도 크게 공헌을 한 바 있다. 그는 알함브라 궁전을 구경한 후 그 빼어난 아름다움에 매료돼 이 곡을 작곡하였다고 한다.

필자도 학창시절부터 이 곡을 들을 때마다 오묘한 기타 선율을 통해 알함브라 궁전에 대한 신비감을 한층 더 갖게 됐다.

그런데 드디어 필자 앞에 알함브라 궁전의 신비를 벗길 기회가 온 것이다.

알함브라 궁전

마드리드 남쪽 **490km** 떨어진 작은 도시 그라나다,

그 속에 바로 최고의 기타 연주곡으로 알려진 '알함브라 궁전의 추억'의 무대가 있다.

그라나다는 7세기부터 이슬람교도의 중심도시였다. 그러나 1492년 스페인이 이슬람교도의 최후 거점인 이곳을 함락시키고, 알함브라 궁전의 정상에 그리스도의 성 십자가 기와 스페인의 수호성인 산티아고 기를 게양하면서 스페인 최후의 이슬람 국왕 보아브딜은 알함브라 궁전의 열쇠를 그리스도교도의 왕에게 넘겨준다. 그리고 눈물을 흘리면서 지브롤터 해협을 건너 쓸쓸히 아프리카로 돌아가게 된다.

이렇게 해서 711년에 시작되어 약 8세기에 걸친 이슬람 교도들의 그라나다 지배는 끝이 났다. 그리고 그리스도교를 국교로 하는 근세 스페인이 새로 탄생된 것이다.

스페인 사람들은 스스로 알함브라 궁전을 가리켜 곧잘 '이베리아 반도의 진주'라고 부른다.

그만큼 이들이 이곳을 사랑하는 마음이 각별한 것이다.

8세기 초 회교도인 북아프리카의 무어인들은 지브롤터 해협을 건너 이베리아 반도 전역으로 알라의 왕국을 건설해 나갔다.

이후 스페인의 기독교세력이 국토 회복운동을 전개하면서 남으

로 쫓기던 회교도들은 마지막으로 이곳에 와서 요새를 만들고 최후
의 결전태세를 갖추게 된다.

기독교 세력에 의해 함락된 여러 도시에서 흩어져 나온 이슬람
교도들이 차츰 이곳으로 몰려들게 되었고, 이렇게 해서 모인 도처
의 회교도들이 시시각각 다가오는 최후를 눈앞에 두고 결사항전을

대비하며 비장한 손길로 빚어낸 것이 바로 이 알함브라 궁전이라고
한다.

'붉은 성'이란 뜻의 궁전

뒤쪽에는 만년설로 덮힌 시에라네바다 봉우리들과 그라나다의
비옥한 들판이 파노라마처럼 넓게 펼쳐져 있고 건너편 언덕에는 집
시들의 은신처인 산등성이가 바로 눈앞에 있다.

알함브라는 아랍어로 '붉은 성'이란 뜻으로 횃불이 비치면 붉게
빛나는 성벽에서 유래한 말이다. 처음 이곳은 성채였다. 이후 궁전
과 정원이 지어지면서 성벽과 궁전, 그리고 헤네랄리페라고 불리는
정원을 포함해 크게 세 부분으로 나뉘어져 있다.

아치형의 출입문을 지나 궁안으로 들어가면 '정의의 방'이 나타
난다.

당시 행정의 목표는 정의를 세우는 일이었는데, 그 정의를 세우
는 주체가 바로 알라신이라고 믿었다. 정의의 방 천장은 스테인드
글라스로 만들어 알라의 지혜가 곧바로 통하도록 했다.

벽면은 빨강, 파랑, 초록의 황금색의 작은 타일을 꼼꼼히 붙여 만
든 전형적인 이슬람 타일장식이다. 타일은 기하학적인 문양, 나무
문양, 꽃문양 등 세 가지로 만들어져 있으며 '알라만이 승리한다'
등 알라의 위대함을 기리는 아랍글씨가 씌어 있다.

정의의 방을 지나 옆의 궁으로 들어가면 뜰에는 길이 **50m** 정도의 장방형 인공연못이 나타난다. 시에라네바다 산에서 자연적인 수압을 이용해 물을 끌어와 만든 연못이라고 한다.

연못은 마치 오아시스의 야자수처럼 왕궁의 기둥들을 비춰 주고 있다. 이슬람인들에게 있어 물은 신성함과 부의 상징이었다. 술탄들은 사막에서 온 여러 사신들에게 이 연못을 보여 주며 자신들의 부를 과시했다.

사자의 정원은 알함브라 궁전의 꽃으로서 오직 왕과 첩들만이 출입했던 궁의 가장 은밀한 곳이다. 정원은 작고 섬세하게 만들어져 마치 아름다운 장식품을 보는 것 같다.

정원 한가운데 **12**마리 사자 석상의 분수가 있고 석상의 입에선 계속해서 물이 뿜어지고 있다. 유대인들이 만들어 이슬람 술탄에게 바친 이 사자상 조각분수는 당시 그라나다에 살던 유대인 **12**부족을 상징한다고 한다.

정원 주위를 둘러싼 건물은 모두 **1**백 **24**개의 돌기둥이 하늘을 떠받치는 형태로 되어 있다. 술탄은 이 수많은 방에 모두 **32**명의 첩을 거느리고 살았다고 전해진다.

재미있는 것은 방의 구조. 방 한가운데도 작은 분수대가 하나씩 마련돼 있어 사자 분수대에서 뿜어져 나온 물들이 사방으로 뻗은 작은 수로를 따라 방안의 분수대를 돌아나가도록 설계돼 있다. 분수는 겨울철 이동식 난로로 방을 덥힐 때 가습기 역할을 한다고 한다.

이 습도조절용 분수가 설치된 가운뎃방의 천장은 아마 세상에서 가장 신비롭고 아름다운 천장일 것이다.

벌집모양을 한 석고조각이 천장을 뒤덮고 있는데 이 벌집 속에 빼곡히 들어찬 방의 수가 모두 4,400개라고 한다. 천장의 창문을 통해 들어온 햇빛은 벌집모양을 투과하면서 반사돼 형언할 수 없는 갖가지 색을 연출해 낸다.

내궁 밖은 '천국의 정원'이란 뜻을 가진, 왕의 휴식처인 헤네랄리페 정원, 헤네랄리페란 아랍어로 '모든 것을 볼 수 있는 사람이 사는 정원'이란 뜻이다.

마치 수로처럼 가늘게 파인 연못 가운데를 따라 분수가 줄지어 서있고 수로 사이사이로 갖가지 꽃과 나무들이 꽉 들어차 있다.

낫세르 인들이 알함브라를 너무 천국에 가깝게 만들자 알라가 마침내 이들을 이곳에서 쫓아내려 했다는 전설이 있다.

1492년 남진하던 스페인의 페르디난드 왕과 그의 부인 이사벨라 여왕이 알함브라를 공격하겠다는 뜻을 전하자 나스르 왕조의 마지막 왕인 보아브딜 왕은 맞서 싸우기를 포기하고 눈물을 흘리며 궁을 떠났다. 그가 눈물을 뿌리며 넘었다는 알함브라 궁 맞은편의 작은 언덕을 사람들은 지금도 '무어인의 한숨'이라고 부른다.

왕궁과 헤네랄리페 사이의 언덕길은 숲으로 이루어져 산책하기

에 아주 좋은 곳이다.

알함브라 궁 안에서도 아름다움을 가장 잘 드러내는 것을 꼽는다
면 바로 정원과 호화롭게 장식된 왕의 목욕탕일 것이다.
지중해권에서의 목욕은 이미 오랜 역사를 갖고 있다.

특히 당시 회교도들은 기도하기 전 반드시 몸을 깨끗이 한다는 종교적인 이유와 휴식의 한 방편으로 목욕문화를 즐겼다. 왕과 권력자들은 호화로운 개인욕실을 이용했고 일반 시민들은 마을에 있는 공동목욕탕을 이용했다. 회교도시에서 공동목욕탕은 보통 사람들이 많이 모이는 시장과 회교사원 가까이에 위치하고 있다. 왕의 욕실은 첩들이 머무르는, 하렘이라고 부르는 내궁의 끝부분에 자리잡고 있다. 여러 개의 크고 작은 욕실과 사우나실, 휴게실 등으로 이루어져 있으며 벽과 기둥은 형형색색의 작은 타일들로 호화롭게 장식돼 있다.

방 한가운데는 역시 습도조절용 작은 분수가 자리잡고 있고 중앙부 천장 꼭대기는 많은 창을 달아 자연채광을 즐겼다. '하맘'이라고 부르는 이 욕실은 여러 개의 크고 작은 방들로 꾸며져 있는데, 가장 앞부분에 있는 호화로운 방은 시녀들이 왕을 맞는 대기실로 이용됐다.

안내실과 탈의실을 지나면 작은 욕실들이 차례로 나오며 마지막이 사우나실이다. 사우나실은 장작이나 석탄을 때서 덥히는 방식으로 우리의 온돌방식과 비슷하다. 사우나실 한쪽 연회실에서 술탄은 느긋하게 휴식을 취하며 마사지를 받는다.

전체적인 욕실의 구조와 분위기는 로마의 욕실구조와 크게 다르지 않아 로마의 영향을 받았음을 짐작케 한다. 술탄은 첩들 중에 단둘이서 시간을 보내고 싶은 여인에게는 목욕이 끝난 뒤 사과를 하나 보냈다고 한다.

　항상 몸을 깨끗이 하고 모스크를 향해 기도를 하기 위해 이처럼 호화로운 목욕탕이 필요한 건 아닐 텐데, 로마가 그렇듯이 이곳 역시 목욕문화로 인해 흥망성쇠가 뒤바뀐 건 아닌지 모르겠다.

　알함브라 궁전은 거창한 종교건축물도 역사적인 대사건과 관계된 유적도 아니다. 그저 한낱 궁전에 지나지 않지만 어느 한 곳 소홀함이 없는, 전체로서 뛰어난 예술작품이다.

　1984년 세계문화유산으로 지정됐다.

세비야(Sevilla)

정열과 격정의 춤사위, 신들린 듯한 음악 속에서 펼쳐지는 플라멩코는 그저 바라보는 것만으로도 카타르시스를 느끼게 한다.

플라멩코는 유럽의 위대한 음악 형식 중의 하나이다.

모로코와 이집트, 인도와 파키스탄 등 동서 아시아의 다양한 음악적 요소가 복합돼 스페인 남부 지방에 둥지를 틀었다.

15세기 스페인 남부에 정착한 집시들이 플라멩코라는 그들만의 음악을 만들어 낸 것이다.

평원의 도망자, 집시

쫓겨난 집시들의 첫 정착지는 이집트의 집타노스. 이곳에서도 그들은 박해로 인해 체코슬로바키아로 쫓겨 가지만 소수의 힘없는 부족은 거기서도 환영받는 존재가 되지 못한다. 집시들은 또 다시 유럽의 각지로 흩어지게 된다. 이들 중 한 부류가 스페인 남부 지방에 정착한다.

집시로 알려진 이들은 자신들을 스스로 평원의 도망자라고 불렀다. 그들은 15세기 말까지 유목과 영세 가내공업과 수공업 등으로 생계를 유지하며 방랑 생활을 했다. 이러한 애환 속에서 집시들의 방랑문화는 독특한 형식의 음악을 만들어 냈다. 그 음악은 일상의 시름을 잊기 위해서 없어서는 안 될 중요한 것이었다.

그들은 우선 노랫말을 만들어 냈으며, 여기에 곧 손과 발로 표현하는 리듬을 가미했다.

화려하고 즉흥적이며 기교적 성향이 강한 집시 음악은 무어족, 유대 가톨릭 문화가 토착 음악과 융화하면서 수백 년에 걸쳐 풍요로운 안달루시아 지방 음악으로 정착하게 된 것이다.

집시들이 정착할 무렵은 콜럼부스가 인도로 가는 새로운 항로를 개척하려고 서쪽으로 항해를 하다가 신대륙을 발견한 시기이다.

당시 무어족을 내쫓으려 했던 가톨릭 영주들이 안달루시아 남부 도시인 그라나다를 점령한 시기이기도 하다. 이때부터 200년 이상 가톨릭 교도에 의해 비교도들은 끊임없는 박해를 당하게 된다.

가톨릭 교회는 방랑 문화를 가진 집시들에게도 가톨릭 신자가 되기를 종용했다. 일정한 직업을 가지고 정착할 것을 강요했으며 스페인어가 혼합된 그들의 언어인 칼로(Calo)도 사용하지 못하게 했다. 그러나 오늘날 그들의 언어는 아직도 스페인, 특히 남부지방에서 많이 사용되고 있다.

수백 년 간 가톨릭 교회의 핍박으로 쫓겨난 수많은 집시들과 유대교도, 이슬람교도들은 산 속의 동굴에서 살았으며, 탄광에서 노동을 하다 생을 마쳤다. 그들은 지배 계층의 잔치에서 악사노릇을 하기도 했지만, 그들만의 잔치는 늘 비공개적으로 은밀하게 치러야 했다. 지금도 세비야 곳곳의 산 속에서는 집시들이 동굴 생활하고 있다.

집시들의 모든 것이 담겨있는 춤사위, 플라멩코

그런 연유로 그들의 노래에는 지배 계층에 대한 저항을 토로하는 내용이 많이 담겨 있다.

세월이 흐르면서 그들에 대한 핍박이 완화되고 집시 음악에 대해 관심을 갖는 사람도 점차 늘어나면서 집시 음악을 수용하고 재해석하는 전기가 마련됐다. 이 때부터 집시 음악은 클래식 기타 연주자와 플라멩코 연주자들에 의해 스페인 특유의 음악으로 발전을 거듭하게 된다. 플라멩코는 집시들의 모든 것이 담겨 있는 춤사위라고 볼 수 있다. 칸데(노래), 기타라(기타), 바이(춤)가 서로 완벽한 조화를 이루어 낸다.

1913년 바르셀로나의 집시촌에서 출생한 카르멘 아마야는 천박한 집시 문화로 괄시받던 플라멩코를 스페인의 상징 음악으로 끌어올린 위대한 무용수이다. 글조차 읽지 못했던 아마야는 플라멩코를 정식으로 배운 적은 없지만 전통적으로 내려오는 조상들의 플라멩코를 어깨너머로 익혀 예술로 승화시킨 인물이다.

완전히 몰입해 무아지경에 이르는 그녀의 춤사위는 전 세계에 널리 알려졌다. 열성 팬 중에는 찰리 채플린과 그레타 가르보도 있었고, 루즈벨트는 그녀를 백악관에 초청하기도 했다. 1965년 세상을 떠난 지 38년이 지났지만 카르멘 아마야가 예술로 승화시킨 플라멩코는 지금 세비야 최고의 관광상품이 되었다. 남녀노소가 배우고 즐기는 국민적인 예술이 된 것이다.

또한 세계 각국에서는 플라멩코의 예술성을 인정해 전문학교가 세워지는 등 관심이 높아지고 있다.

수준 높은 플라멩코 공연을 보려면 역시 플라멩코의 발상지인 안달루시아 지방의 세비야를 찾아야 한다. 마드리드에서 고속열차로 2시간 30분 남짓이면 플라멩코의 역사가 숨쉬는 세비야에 도착한다. 주말 저녁 연인과 디너를 겸해 플라멩코를 감상한다는 것만으로도 흥분을 가눌 수 없게 만든다.

세비야의 상징, 히랄다 탑

세비야는 플라멩코만 있는 게 아니다. 세비야 대성당은 빼놓을 수 없는 볼거리이다. 성모 마리아에게 봉헌된 이 대성당은 중심가인 콘스티투시온 대로변에 있다. 세계 최고의 성당으로 기네스북에 올라 있는 이 성당은 건물 가로가 126.18m, 세로 82.60m, 높이 30.48m에 달할 정도로 서대하다. 성당 마당은 오렌지의 정원이라고 불리는 회랑으로 이루어져 있다.

성당 내부로 들어서면 두 갈래 통로가 나온다. 하나는 이 성당의 종탑인 히랄다 탑으로 오르는 통로이고, 또 하나는 성당 내부를 둘러볼 수 있는 통로이다. 중앙 제단과 그 앞의 성가대석, 제단 뒤의 왕실 기도당이 특히 볼 만하다. 거대한 규모에 알맞게 성당 내에는 수많은 기도실과 성화들이 걸려 있다. 성당 정문 바로 앞에는 콜럼버스의 유해가 안치되어 있다.

세비야의 상징이라고 해도 과언이 아닌 히랄다 탑은 대성당 입구 바로 옆에 있다.

1198년 완성될 무렵에는 회교 사원의 뾰족탑으로 지었지만, 대
성당이 들어선 후인 1568년에 대성당의 종탑으로 보수 공사를 하
였다. 시내 어디서도 금방 눈에 들어오는 히랄다 탑은 계단이 아닌
경사진 오르막길로 되어 있어서 더욱 특이하다. 말을 타고 탑 위에
오르기 위해서 그렇게 만들었다고 한다. 경사가 심하지 않아 힘들
이지 않고 올라갈 수 있다. 탑 사이사이에 난 창으로 세비야의 시가
지가 눈에 잡힐 듯 들어오고 성당 지붕의 뾰족한 몸체가 아름답게
보인다.

스페인 광장은 알카사르에서 남동쪽 길 건너편에 있는 반원형의
아름다운 광장이다. 중앙에 분수가 있고, 반원형의 건물 앞으로 역
시 반원형의 연못이 조성돼 화려한 느낌을 더해준다.

광장 맞은편에 자리잡은 마리아 루이자 공원은 넓고 아름다워 시
민들의 휴식처로 사랑받는다. 공원 한가운데 있는 연못을 중심으로
미로 같은 오솔길이 펼쳐져 있다. 잘 정리된 화단과 여러 가지 꽃들
이 있으며 주말 오후와 일요일은 예외 없이 많은 시민들이 공원에
나와 여가를 즐긴다.

마드리드에 투우, 바로셀로나에 가우디와 피카소, 그라나다에 알
함브라 궁전이 있다면 세비야는 단연 플라멩코다. 세비야를 떠나
왔지만 플라멩코 무희가 흔들어 대는 캐스터네츠 소리와 리드미컬
한 발동작이 한동안 환영처럼 머릿속을 떠나지 않는다.

Macau
1997

마카오(Macao)

해방 이후 한때 검은 중절모에 양복차림의 말쑥한 신사를 가리켜 '마카오의 신사'라고 부른 적이 있었다.

'동양의 진주' '동양 최대의 카지노' 등으로 우리에게 잘 알려져 있는 마카오는 파티마 축제와 그랑프리 대회 등 1년 내내 크고 작은 행사와 축제가 끊이지 않아 관광객들에게 늘 다양한 볼거리를 제공한다.

홍콩에서 서쪽으로 약 65km 지점에 위치하고 있는 마카오는 중국 대륙의 일부인 반도부와 타이파, 콜로아네의 두 섬으로 이루어져 있다.

마카오와 두 섬 사이는 다리로 연결되어 있으며 전체 면적은 17.4km²로 홍콩의 약 1/5 정도에 해당한다.

마카오 시내를 돌아다니다 보면 중국과 포르투갈의 문화가 곳곳에 배어 있음을 쉽게 발견할 수 있다. 오랜 동안 포르투갈의 지배로 인해 자연스럽게 나타난 문화로 볼 수 있다.

터키가 유럽 속의 동서문화의 만남의 장소라면 아시아에선 마카오가 그에 해당될 것 같다.

아시아 속 동서문화의 만남

포르투갈인들이 마카오에 거주하기 시작한 것은 1557년으로 영국이 홍콩에 진출하기 300년 전이었다. 이후 마카오는 동서무역의 중개지로 급성장하면서 기독교 포교의 기지로 중요한 위치를 차지하게 되었다.

대 중국 무역의 비중이 높아지면서 마카오는 유럽 각국이 눈독을 들이는 곳이 되기도 했지만, 무역량의 증가와 더불어 국제 무역의 주도권이 대규모 선박의 입출항이 가능한 홍콩과 중국으로 넘어가면서 정체의 길을 걷게 됐다.

하지만 이 같은 정체는 오히려 마카오가 과거 유럽의 한 도시와 같은 고풍스런 분위기를 그대로 간직할 수 있게 했으며 최근에는 유럽인들의 향수를 부채질하여 관광객들의 관심을 더 끌어들임으로써 반사이익을 얻고 있다.

인구는 약 50만 명으로 이중 95%가 중국인, 5%가 포르투갈인을 포함한 유럽인과 타지역인들이며 1999년 12월 20일 중국으로 반환됐다.

파티마 축제와 스포츠카 그랑프리

많은 축제와 행사 중에서도 단연 압권은 '파티마 축제'와 레이서들의 꿈의 무대인 스포츠카 그랑프리다.

파티마 축제는 지금으로부터 86년 전인 1917년 5월 13일에 성모 마리아가 포르투갈 중부의 작은 마을인 '파티마(Fatima)'에 나타나 아픈 사람의 병을 낫게 하는 등의 기적을 일으킨 사건으로부터 비롯됐다.

이 기적이 일어난 후부터 파티마는 순식간에 세계적인 순례지로 탈바꿈했다.

오늘날 마카오에서 해마다 5월 13일 저녁에 열리는 '파티마 축제'는 바로 이 성모 마리아의 기적을 기념하기 위한 대규모의 행사로서 온 국민의 축제의 장이 되었다.

11월 셋째주 주말에 마카오를 방문하는 관광객들은 아시아에서 가장 스릴 넘치는 스포츠 그랑프리의 활기 넘치는 축제 분위기를 만끽할 수 있다.

이 모터 스포츠의 제전은 1954년에 처음 개최된 이래, 매년 11월 셋째주 주말에 열리는데 아시아 최대라 불리우는 경기답게 오토바이 레이스, 투어링카 레이스, 클래식카 레이스, F3 레이스 등 여러 가지 경기를 볼 수 있다. 특히 F3 레이스가 볼 만하며, 세계 각국의 F3 챔피언이 집결해 자웅을 겨룬다.

자동차와 레이스를 좋아하는 아마추어들의 경기로 출발한 이 그랑프리는 현재까지 미하엘 슈마허, 랄프 슈마허, 쟈크 빌레뇌브 등 걸출한 스타들을 배출해 냈으며, 지금은 전 세계의 젊고 유명한 선수들이 대거 참여하는 국제적인 이벤트로 세계의 자동차 매니아들을 유혹하고 있다.

마카오 그랑프리는 세계에서 유일하게 자동차 경주와 오토바이 경주를 함께 즐길 수 있는 대회이며, 도로는 마카오의 시가지를 막아 만들어진다.

이 경주로 공사에는 보통 1달 이상 소요되는데 시민들은 공사 때문에 겪게 되는 불편도 즐거운 마음으로 감수하며 경주날을 모두가 손꼽아 기다린다.

그랑프리에는 항상 드라마틱한 요소들이 존재한다. 고난도 레이스 도중 다중충돌이 일어나 중간에 경기가 중단되기도 하며 사고의 위험도 뒤따른다.

그랑프리는 전세계에 많은 팬을 확보하고 있어 이 대회의 티켓을 확보하려면 미리 예약을 하여야 한다.

마카오 젊은이들은 그래서 차를 좋아한다. 세계의 명차들을 길거리에서 쉽게 볼 수 있으며, 심지어 그랑프리의 모든 것을 한눈에 볼 수 있는 그랑프리 박물관도 있다.

마카오 관광청 개청 40주년을 맞아 1993년 11월에 문을 연 이곳에는 50여 년 동안 펼쳐진 국제경주를 볼 수 있는 경기비디오와 출

전했던 20여 대의 레이싱카와 우승카, 그리고 유니폼들이 전시되어
있다.

카지노 천국, 마카오

1964년 도박을 합법화하는 정부의 정책에 따라 '아시아의 라스
베가스'가 된 마카오의 밤은 이제 카지노를 빼놓고는 생각하기 힘
들다.

밤이면 네온 불빛이 요란한 카지노는 저마다 일확천금을 꿈꾸는
사람들로 가득하지만, 그 꿈은 밝아오는 새벽과 더불어 대부분 사
라지고 만다. 마카오에는 정부가 공인하는 카지노 클럽이 여덟 군
데나 있다. 대부분 서민적인 분위기로 평상복으로도 입장이 가능하
다. 24시간 영업하는 곳이 많으며 입장료는 없다. 돈을 거는 금액은
홍콩 달러로 20달러부터 가능하므로 언제든 가벼운 마음으로 즐길
수 있다.

막대한 액수의 금액을 탕진하는 사례도 적지 않게 늘고 있지만, 주
말이면 마카오로 향하는 페리는 각국의 관광객들로 항상 만원이다.

이밖에 중국의 오페라 및 영화, 음악, 미술분야까지 감상할 수 있
는 예술축제가 있으며, 6월에는 마카오의 상징인 연꽃축제와 루소
포니 축제가 있는데, 특히 루소포니 축제는 포르투갈어를 사용하는
각 나라의 공동체들이 모여, 전시회 음악회, 각종 공연 등 다양한

볼거리를 제공하며 그 나라의 음식들을 맛볼 수 있다.

시내에서 가볼 만한 곳으로는 뭐니뭐니해도 '성 바오로 성당'을 첫손에 꼽을 수 있다.

화재로 인해 본당 건물은 모두 불에 타 버리고 정면의 벽만 덩그

Macau
1996
Kim myung sik

러니 남아 있는 것이 아쉽다.

마카오를 대표하는 명소 가운데 하나인 이 성당은 이탈리아 신부가 설계를 하고 일본 건축 기술자들이 지은 것으로 1602년부터 1637년까지 35년이라는 오랜 공사기간이 소요되었다.

성당의 지하실에는 1996년에 개관한 박물관이 있다. 이곳에는 예수회 신부인 발리그나노의 묘와 베트남인과 일본인 선교사들의 유골, 성당 원형을 복원한 모형, 그리고 17세기 종교 예술작품 등이 전시되어 있으며 파티마 축제가 이곳에서 끝난다.

겉으로 드러나는 마카오는 많은 축제와 더불어 활력이 넘쳐 보이지만, 중국반환 이후, 경제전문가들은 마카오의 매력이 예전만 못하다고 진단하고 있다. 개혁개방 초기였다면 자유경제체제 마카오가 중국 투자의 창구로 활용될 수 있겠지만 지금은 서방 투자가들이 마카오보다는 직접 중국대륙으로 달려가고 있다. 어쨌든 마카오가 21세기 중국의 수퍼 파워로 등장할 수 있는지는 좀더 두고 봐야 할 것 같다.

2002
Vancouver
Canada
kim myung sik

밴쿠버(Vancouver)

Can I have a seat in the aisle?

통로쪽 좌석을 주시겠습니까?

해외여행시 사실 다른 영어는 몰라도 이 문장만큼은 꼭 외우고 다닌다.

10시간 넘게 가는 유럽이나 미주노선에서 중간에 낀 좌석은 곤욕이기 때문이다.

밴쿠버 공항에 도착하니 사전에 인터넷을 통해 예약한 홈스테이 집에서 차를 갖고 나왔다.

호텔에서 편히 잠을 자는 여행도 있겠지만, 민박(홈스테이)은 나름대로 현지의 정보를 빠른 시간에 얻을 수 있고, 비용 절감은 물론 현지인과 교분을 넓힌다는 데서 권장할 만하다.

홈스테이를 계약할 때는 무엇보다 여행목적 및 지역에 따른 교통 편과 안전성, 식사, 공항픽업 여부, 호스트의 친절도 등을 점검해 보고 계약하는 것이 중요하다.

밴쿠버는 캐나다 서부에 있는 도시로서 다운타운을 중심으로 웨스트 밴쿠버, 노스 밴쿠버, 버나비, 뉴 웨스트민스터, 리치몬드를 포함한 지역을 말한다.

캐나다의 브리티시 콜럼비아(British Columbia)주에 속해 있으며 94만8,600km 평방미터의 넓은 면적에 인구는 320만 명으로 적은 편이다. 캐나다 제3의 도시로서 영국의 지배를 받았던 흔적을 곳곳의 거리와 도시 분위기에서 느낄 수 있다.

밴쿠버 항은 태평양 방향을 가로질러 있는 세계 4대 미항으로서 손색없는 자연조건을 갖추고 있으며 아름다운 요트 정박장과 숲들로 대자연의 맛을 그대로 느낄 수 있다.

가을과 겨울이 우기라서 비가 자주 청승맞게 내리긴 하지만 공해와 먼지 없는 맑은 공기는 이 도시의 장점이다.

가을 단풍잎 색깔들이 우리 도시에선 볼 수 없는 맑고 투명한 색으로 투명수채화를 보는 느낌이다. 연평균 기온도 25°로 겨울에도 그리 춥지 않다.

밴쿠버 해양박물관

태평양 연안의 해양을 주제로 한 박물관으로 대항해 시대로부터 현재에 이르기까지의 범선, 상선, 해군, 선박 모형 등 각종 해양 관련 기구와 그림 사진 등이 전시되어 있다.

삼각형 유리로 된 별관에는 '세인트락 호'가 보존되어 있다. '세인트락 호'는 캐나다 연방경찰의 연안경비선으로 1940년부터 1942년에 걸쳐 처음으로 북아메리카 대륙을 일주한 배이다. 이 위업을 통해 북극해에서의 캐나다 주권 확립이 국제적으로 인정받게 됨으로써 이 배는 캐나다인이 자랑하는 역사적 유산이 되었다.

밴쿠버 아트 갤러리

전철 그랜빌(Granville) 역에서 동쪽으로 한 블럭 지나 롭슨 스퀘어에 위치해 있다.

밴쿠버가 낳은 화가 에밀리 카(Emily Carr) 작품을 주로 소장하고 있으며 미국과 영국작가들의 근, 현대 작품을 위주로 전시한다. 일단 전시 스케줄을 보고 가는 것이 좋다.

마침 여행기간 중 샤갈 특별전을 볼 수 있는 행운을 얻었다. 각종 공연장과 영화관 등이 이곳 그랜빌 스트리트에 몰려 있으며 주변 롭슨 스트리트는 멕시칸 요리, 인디언 요리, 프랑스 요리, 중국 요리 등을 먹을 수 있는 먹거리 천국이다. 또한 대형 백화점과 퍼시픽, 로얄, 하버 등 3대 쇼핑몰이 있어 늘 많은 관광객들과 젊은이들로 활기가 넘친다.

개스 타운과 차이나 타운

전철 워터프런트 역에 내리면 1986년 엑스포를 위해 지어진 돛 모양의 흰색 건물(캐나다 플레이스)이 눈에 들어온다. 바로 옆에

Burnaby, fall
Vancouver
Canada
2003
Kim myung hi

Granville, Vancouver
2003   Canada
kim myung sik

CN 아이맥스 극장에서는 매일 박진감 넘치는 영화를 상영하고 있다. 역 주변 워터스트리트를 중심으로 개스 타운과 동쪽으로 10분 정도 걸어가면 차이나 타운이 있다.

증기시계(Steam Clock)는 이곳 개스타운의 명물로서 매 15분마다 증기를 내뿜으며 기적소리로 음악을 연주해 관광들의 발길을 멈추게 한다.

비교적 저렴하게 먹을 수 있는 각종 음식점과 카페, 기념품과 토산품점 등이 몰려 있다.

증기시계탑 옆에 위치한 '스파게티 팩토리' 레스토랑의 스파게티가 일품이다.

실내에 옛 전차 한 대를 인테리어 소품으로 활용한 이곳은 캐나다 달러 15달러 정도의 금액으로 맛있는 스파게티를 먹을 수 있다. 스파게티 공장(팩토리)이라는 상호가 어울리는 멋진 가게다.

차이나 타운은 샌프란시스코 다음으로 큰 규모를 자랑한다. 이스트 헤이스팅스와 이스트 팬더 거리를 중심으로 중국 음식점, 잡화점, 토산품점 등이 빼곡이 들어서 있다. 1880년대 대륙횡단 철도공사 때 중국인들이 들어오면서 타운을 형성한 것이 그 출발점이다.

이 지역 외에도 밴쿠버 거리를 걷다 보면 중국인들을 많이 보여 화교상권이 이미 이곳에 깊숙히 자리하고 있음을 한눈에 감지할 수 있다.

그랜빌 섬

다운타운 남쪽 그랜빌 브리지 아래 위치한 작은 섬으로서 약 16만 평방미터의 면적 안에 여러 가지 시설이 자리하고 있다. 밴쿠버의 명문 미술대학인 에밀리 카(**Emily Carr**) 미술대학이 이곳에 있으며, 신선한 게나 랍스터, 그리고 각종 과일과 야채 등을 저렴한 값에 파는 '퍼블릭 마켓'도 있다.

그랜빌 다리 아래는 많은 요트들이 정박해 있고, 부둣가 노천카페에선 많은 시민들이 여유로운 모습으로 휴식을 취하며 음료를 즐기고 있다.

그랜빌스트리트 4번가에서 남쪽으로 길게 이어지는 일대를 사우스 그랜빌이라고 부른다.

에밀리카 미술대학 주변의 이 일대는 문화의 거리이자 젊음의 거리다. 각종 미술관, 갤러리 공방, 화방, 부티크 등이 있으며 손으로 만든 아트상품을 비교적 저렴한 가격에 구입할 수가 있다.

주말이면 마켓 입구 광장에선 거리악대의 흥겨운 취주와 각종 퍼포먼스가 펼쳐지고, 아트 클럽극장에서는 뮤지컬과 콘서트 등이 공연된다.

이곳에서 일반 관광객들에게 인기 있는 기념품은 역시 캐나다 국기에 그려져 있는 단풍나무잎 시럽(꿀)과 원주민의 이미지를 살린 각종 스웨터, 모자, 숄 등의 캐릭터 상품들이다.

표 하나로 버스까지 연계해 탈 수 있는 전철은 노선이 하나뿐이
어서 여행자들에게는 다소 불편한 것이 흠이었다.

그러나 드넓은 대자연의 맑은 공기를 무상으로 마실 수 있는 것
만으로도 모든 불편은 상쇄되고도 남았다.